ローゼの結婚
浅見
Asami Presents
fairy kiss

ローゼの結婚

プロローグ

「ああ……ローゼお姉さまったら、なんて可哀想《かわいそう》なのかしら」

鉄扉の向こう側から、くすくすと妹の笑う声がする。

壁にもたれて座り込んだまま、ローゼはうろんな目をそちらへ向けた。

「ご存じ？　お姉さまが今度結婚なさるロスティールド卿《きょう》は恐ろしい魔術師の子孫で、夜な夜な町から攫《さら》ってきた女子供の生き血をすすっているのですって」

妹の姿は見えないが、どのような表情をしているのかは想像がつく。きっと蟻《あり》の巣を潰す子供のような、無邪気で残酷な笑顔を浮かべているのだろう。

「そんなことだから仕事もなければお金もなくて、食事は家に巣くうネズミやムカデ、蜘蛛《くも》を捕って食べているそうよ」

声を弾ませる妹の言葉をただ聞き流す。

――どうでもいい。

だから、ため息一つこぼれ落ちることはない。

ローゼは何も答えず、ぼんやりと視線を宙に彷徨《さまよ》わせた。

物置ほどの広さの、薄暗い部屋である。ひんやりとして冷たい石の壁と床。地下独特の湿気と埃《ほこり》の匂い。ここはローゼの生まれたマデリック伯爵家にある地下室だ。

調度品はほとんどなく、粗末な寝台の他は、姿鏡が一つあるだけだ。鏡はローゼのちょうど正面に立てられており、ぼろ切れを纏《まと》った、まるで老婆のような自分の姿が映っている。

伸ばしているだけの艶のない白髪に、無数の皺《しわ》が刻まれた青白い肌。長い前髪の間から覗《のぞ》く薄灰色の目は落ちくぼみ、頬は影ができるほどにこけている。

この姿をした女が、まだ十八歳の娘だと言われて誰が信じるだろう。

もちろん最初からこうだったわけではない。

母が生きていた頃は、ローゼも年頃の娘らしい見た目をしていた。

だがローゼが十二歳の時。母が亡くなった翌年に、父が後妻を連れてきてから全ては変わってしまった。

義母は初め、人の良さそうな笑みを浮かべて屋敷へやってきたが、ローゼの持つ珍しい髪色を見て言葉を失い、しばらくして知り合いの術士を呼び寄せると、突然この地下室に閉じ込めたのだ。

義母と術士はローゼを〝魔石の胎《はら》〟と呼んだ。

魔石とは、魔力を持たない人間が魔術を使うための道具だ。

本来は自然の中でごく稀《まれ》に生まれる貴重なものであり、非常に高価でやりとりをされている。

ローゼは、自らの血から魔石を生み出せる稀少《きしょう》な体質を持っていた。

義母たちは、浅ましくもローゼの血を求めた。

また強い感情を抱いている時に採取した血からは、より強力な魔石が生まれるのだと言い、毎日ローゼの背中を鞭《むち》で打つようになった。そして痛みと恐怖に泣き叫ぶローゼから嬉々《きき》として血を採っていった。

やがてローゼが痛みを感じなくなると、今度は犬や猫を連れてきて、目の前で殺すようになった。お前のせいで死ぬのだと何度も何度も耳元で囁《ささや》かれながら、鞭で打たれて血を採られる。悲しみを感じなくなるのには、三年かかった。

次に、部屋に姿鏡を置かれた。

初めてその鏡の前に立った時、ローゼは酷《ひど》く狼狽《ろうばい》した。自分の容姿が、老婆にしか見えなくなっていたからだ。

酷い拷問《ごうもん》の中、魔力の源である血を奪われ続けたローゼは、日に日にやつれ、衰《おとろ》え、完全に若さを失ってしまっていた。

衝撃《しょうげき》を受け、鏡に縋《すが》りついて泣き叫ぶローゼに義母たちは満足し、また血を採っていった。

その後は、耳元でローゼの残りの寿命を囁くようになった。

死と老いへの恐怖が麻痺《まひ》してからは、まだ半年ほどだろうか。

どうやら自分は、もってあと一年の命らしい。

少し前まで義母は、死ぬまでの間にローゼの爪を剝ぎ、歯を抜いて、残ったあらゆる痛みと恐怖を絞り出してやると息巻いていた。それがどう話が変わったのか、ローゼはどこか田舎の貴族へ嫁に出されることになったらしい。

奇妙な話だ。

ローゼからはまだ、魔石を絞り取れるはずなのに。老婆に成り果てた自分を嫁にするという男も正気とは思えない。

「全くお母さまも、悪い子のローゼお姉さまなんか、もっと早くに捨ててしまえばよかったのに」

わざとらしく大きなため息をついて妹が言う。ローゼと彼女の年は二つしか変わらない。ローゼの母がまだ生きていた頃に産まれた子だ。妹は初めから、正妻の子であるローゼのことをよく思っていないようだった。

彼女はローゼが〝魔石の胎〟とは知らない。鉄扉を開けて入ってきたこともなく、ローゼがどのような仕打ちを受けているかも知らず『とても悪いことをしたので閉じ込められている』と信じている。義母から「話し相手をしてやれ」と言われて、たまにここへやってくるだけだ。

妹に余計なことを言えば、さらに痛い思いをさせると脅されていたから、ローゼも事情を説明したことはない。

義母は妹の存在を感じさせることで、ローゼに本来いるべき場所を思い出させ、少しでも苦しめようとしているのだろう。

「お姉さまが結婚してどこかへ行ってくれるなら、私もせいせいするわ」

妹の言葉に、視線を床へと落とす。

――その結婚にも、あの人たちの思惑があるのでしょうね。

けれど、ローゼはもう、どうでもいい。

もしかしたら、この部屋から出られるかもしれない。

誰かが、日々の拷問から救い出してくれるかもしれない。

そんな希望をローゼは抱かない。

希望を与えてから、それを踏み潰すのは義母たちの常套《じょうとう》手段だったからだ。

希望は絶望と共に、ローゼの心から消えてなくなった。

ローゼはもう、何も感じない。もう、何も。

◇◇◇

「お前の話、本当に間違いないのでしょうね？」

人払いをし、慎重に私室の扉を閉めた後、ローゼの義母アラソネは術士の女に詰め寄った。

アラソネはこの辺りでは珍しい黒色の髪と瞳をした美女である。だが今、その双眸《そうぼう》にはぎらついた光が浮かんでおり、表情は餌を前にした飢えた獣のようだ。

術士は、皺深い顔にニタニタと笑みを浮かべて頷《うなず》いた。

「ええ、確かな筋から得た情報ですので、間違いございません。〝魔石の胎〟が初めに産む子供は必ず女であり、母体と同じ力を有します。ただし、父親にも多少なりとも魔力がなければいけません」

「……魔力を持った男にあの娘を孕《はら》ませれば、産まれた子供は必ず〝魔石の胎〟となる」

確認するように術士の言葉を繰り返し、落ち着きなく部屋の中を歩き回る。

室内には、世界中から取り寄せた珍しい調度品が並んでいる。どれもとても高価で、それ一つで財産になるものばかり。アラソネが身につけるものも同じで、首飾りも、耳飾りも、指輪も、全て世に二つとない貴重なものだ。

それらを一つ一つ眺めてから、アラソネは術士へ視線を戻した。

「しかし、あの娘に子供を産むだけの力と時間は残されているの？　余計なことをしなければ、まだもう少し、魔石を絞り取れるでしょう」

魔石は小さなものでも、それ一つで金貨十枚以上の価値がある。平民なら数年は遊んで暮らせるだけの金だ。ローゼの残りの寿命――一年もあれば、まだ多くの魔石が採れるはず。

下手な博打《ばくち》を打つより、その方がずっと手堅いのではないか。

「よくお考えくださいませ、アラソネさま。あの娘にあらたな〝魔石の胎〟を産ませれば、また十数年魔石を採れるのです。その娘にまた子を産ませていけば、それはもう、永遠の財産となる」

術士はアラソネの迷いを断ち切るように、力強い口調でそう言った。

「あの娘の寿命はあと一年とお伝えしましたが、血を採らなければ、二年は生きるでしょう。調べたところ、子宮《はら》の働きはまだ生きておりますゆえ、栄養さえ取らせれば子を一人産むぐらいは可能かと」

「けれど、お前……相手の男が、あの見てくれの娘を本当に孕ませられると思うの？」

アラソネはじとりと術士を見据えた。

術士という職業の人間は、みな決まって自分の名前を隠す。この術士も例に漏れず偽名を使い、また頻繁に名前を変えるものだから、アラソネはとうとう彼女をお前としか呼ばなくなった。

術士はかなり老年に見えるが、ローゼの外見はさらに老けている。

そんな女を孕ませられる男など、本当にいるのだろうか。

アラソネの言葉に、術士は頷いた。

「ええ、私が見つけてきたあの男なら、金のためとあらばどんなことでもするはずです」

1章　魔石の胎

なだらかな山々に囲まれた、美しい湖畔の村カカラタ。

レオ・ロスティールドが住む屋敷は、その村外れの切り立った崖の上にある。見晴らしは良いが、買い物に行くには少々不便な場所だ。

村での買い出しを終えたレオは、ぱっかぱっかと呑気《のんき》に馬を歩かせて、屋敷へ続く坂道を上っていた。馬の方もレオと買い物籠を鞍《くら》に乗せ、慣れた様子で勝手に休んだり、あくびをしながら進んでいる。

うららかな春の日差しが暖かい。穏やかな向かい風に、レオは澄んだ青色の目を細めた。

正面には、ロスティールド家の屋敷が見えてきている。

端に塔がついた、いかにも貴族が住まう立派な建物だ。

その屋敷の門の前で、馬が一頭繋《つな》がれているのに気づいてレオは眉を上げた。

「サンス！　来ていたのか」

馬の横には、頭に霜をいただく律儀そうな顔つきの男が立っている。

彼はロスティールド家の元執事で、名をサンスという。齢《よわい》は七十近いが、背筋はピシッと伸びていて年を感じさせない。

レオが「お〜い」と手を振りながら近づくと、サンスは深々と腰を折った。

「ご無沙汰しております、レオさま」

「ご無沙汰って、先週も来てなかったっけ？　というか、わざわざ外で待たずに中に入っていればいいのに」

サンスが退職する時に合鍵も返却されたが、どうせレオはいつも鍵をかけない。

泥棒もここより他に行くところがあるだろうし、そもそも鍵穴が錆《さ》びて回らないのである。そのうち直せる時に直そうと思って、もう何年もそのままだ。

「そういうわけには参りません。私は無責任にも、レオさまのお世話をするという役目を放棄した身。勝手に家に上がるなどとんでもございません……！」

「気にしないでいいって……給金が払えないうちが悪いんだから」

レオはそう言うと、自分とサンスの馬を厩舎《きゅうしゃ》に入れ、両手で荷物を抱えて屋敷へ向かった。

この辺り一帯を領地として〝いた〟ロスティールド家の屋敷は、一見立派だが、近くで見ると至るところが古びている。木組みは色褪《いろあ》せ、壁の白い漆喰《しっくい》もあちこち黒ずんでいる。オレンジ色の屋根も長年風雨にさらされ、多くが変色してしまっていた。

レオとしては、遠くから薄目で見るとまだまだイケているし、近くだと粗が目立つところも愛嬌《あいきょう》があって良いと思うのだが、サンスは見る度に悲しそうにしている。

当主であるレオ自身もそうだ。鮮やかな金髪に、澄んだ青色の瞳。一見は社交界を賑やかせそうな、華やかで整った容姿をしている。

だが纏っている衣服は村人と変わらない質素なものだし、肩につく長さの髪は適当に一つに纏めていて色気もへったくれもない。

ロスティールド家はいわゆる没落貴族であって、とにかくお金がないのである。

レオが着飾るような余裕はないし、家を補修するだけの金もない。

名ばかりの爵位と屋敷のみなんとか残してはいるものの、使用人も雇えないので家のことは全てレオが一人でしている。レオが子供の頃にはまだ数人の使用人がいたが、次第にその給金も払えなくなった。

ロスティールド家が財産を失い、借金まみれになっていく中で、最後まで残ってくれたのが執事だったサンスだ。

サンスは祖父の代からの使用人で、給金が払えなくなっても文句一つ言わずに勤めてくれていたが、レオが成人してからは「こちらが心苦しいから」と説得して辞めてもらった。それでもレオを心配して、月に何度かは様子を見に来てくれる。レオにとっては父親のようなもので、今となっては唯一の家族である。

「まあ入ってくれよ。今日来てくれた用件はあれだろう？　先日出した手紙の……」

荷物を抱えたまま片手で玄関扉のノブを回す。すると、ガコッと音がしてドアノブが取れた。

レオはしんみりと手の中を見つめた。

ここ最近ずっとガタガタしていたが、ついにダメになったらしい。

試しに肩で扉を押してみると開いたので、まあ問題はないだろう。

振り返るとサンスがこの世の終わりのような表情で絶望していたが、レオは気にせず屋敷に入った。

「さ、さようでございます。手紙です。いったいどういうことですか！」

サンスが気を取り直して後をついてくる。

「レオさまが、結婚なさるとは……！」

「そうさ！　ついに！　うちに！　お嫁さんが来てくれることになった！」

立ち止まってサンスに向き直り、顔を輝かせる。

とってもめでたい。小躍りしたいぐらいだ。

だがサンスは疑わしげに顔をしかめた。

「……また何か騙《だま》されているのではありませんか？」

「またとは失礼な」

「失礼を承知で申し上げているのです。レオさまを初め、ロスティールド家の皆さまは、代々それはもう、本当に、異常なまでに人が良すぎるのです！」

確かに、サンスの言うことは一理あった。

しかし代々といっても、お人好しの系譜はまだ三代だ。ロスティールド家に嫁入りした曾《そう》祖母が度を超したお人好しで、その血がそれは強力に受け継がれてしまっているのである。

東に飢えた人がいれば寄付をして、西に怪我人がいれば寄付をして、南で詐欺に遭った人がいれば寄付をして、北で知人が「ちょっとこの書類にサインをしてくれないか」と言えばほいほいサインしてしまう。

ロスティールド家はカカラタ村の他に、あと三つの村を領地としていたが、そんなことだからたった三代で全て近隣の領主に売り渡すことになってしまい、借金まで抱えてしまった。

この屋敷も、ロスティールド家がお人好しになる前に建てたものなので見た目は立派だ。けれど辺鄙《へんぴ》な土地に加え、あちこちガタがきている状態では何の価値もないと、借金取りから見過ごしてもらっている状況である。

全く情けない話だが、思い悩んでいても始まらない。

「まあ、人が良いのは良いことじゃないか。誰かを騙して生きるより、よっぽど気分が良いさ」

借金のほとんどはレオの両親が作ったものだ。近隣の村が災害に襲われた時、残っていた土地を担保にして多額の金を借りたが、返済を始める前に二人は馬車の事故であっけなく死んでしまった。レオが六歳の時のことだ。

幼いレオに残ったのは多額の借金と、古びた屋敷だけ。

だがレオは、決して両親を恨んではいない。

愛する両親は、生前の善行によりきっと天国に召されたはず。そう信じられることは、レオにとって何より幸せな遺産だった。

「サンスも、ぼくが結婚して幸せな夫婦生活を送りたいと思っていたことは知っているだろう？ ここは素直に祝福してくれよ」

いつかまたこの家で、家族と暮らしたい。

それはレオがずっと抱いてきた夢だった。

両親を亡くした後、幼かったレオは、屋敷に残る家族との思い出を何度も数えて過ごした。

大人になったら愛する女性と結婚し、新しく幸せな思い出を作っていこう――その日を夢見て、がらんとした屋敷での暮らしを乗りきったのである。

しかし悲しいことに、こんな片田舎の、貴族とは名ばかりの度を超えた貧乏男のもとに嫁いでこようという女性は、二十七歳になる今日まで見つからなかった。

レオも見てくれだけは良いものだから、王子さまを夢見て恋をする村娘はいたが、彼女らも現実を知れば逃げるように去っていった。

そんなレオのこれまでを知っているサンスは、諦めたように一つため息をついた。

「……結婚される女性は、いったいどのような方なのです？」

「会ったことはないんだ」

「………は？」

「ここ数年、すごい勢いで財を成しているというマデリック伯爵家の長女らしくてね。なんと彼女と結婚すれば、うちが抱えている借金を全部肩代わりしてくれるというんだ。夢にまで見たお嫁さんが来てくれるだけでなく、借金までなくなるなんて、とてもいい話だろう？」

しみじみと言うと、サンスは怪しげな壺《つぼ》を買わされそうな人を前にしたように、心配げな目を向けた。

「いや、レオさま。それは……どう考えても騙されているでしょう。婚姻届にサインをしたら、この屋敷や財産を全部取られるとか、そういう話なのではありませんか？」

「伯爵家が、こんな田舎のボロ屋敷を掠《かす》め取ってどうするっていうんだよ」

「ですから伯爵家を騙《かた》った詐欺集団なのではありませんか？」

「えー、いや、それはないと思うけどなあ……」

呑気に首をひねるレオに、サンスは青ざめて詰め寄った。

「お願いですから、もっと慎重になられてください。レオさまに何かあれば、私は亡くなった旦那さま方に申し訳が立ちませぬ」

「うーん」

「そもそも、私はかねがね、レオさまにはもう、ものすごく慎重で、疑《うたぐ》り深く、人を見れば敵と思うような奥さまに来ていただきたいと願っているのです」

それはどうなんだ。

いや、確かに自分にはそれぐらいの女性が良いのかもしれないが。

「性格は分からないけれど……実を言うとそのご令嬢は、病気であと数年しか生きられないらしいんだ」

「なんと……」

事情を話すと、サンスが驚いて息を呑《の》む。

レオは複雑な笑みを浮かべた。

「ご家族は、彼女の残りの人生をこの美しい村で、幸福に過ごして欲しいと願っている。ぼくも、その手助けができればいいと思っているんだ」

「レオさまは……それでよろしいのですか？」

「もちろん。たとえ共に過ごす時間が短いものになっても、お互いに幸せになれないということはないだろう」

そのことは両親が教えてくれた。

家族で過ごした時間は決して長くなかったけれど、この屋敷には幸せな思い出がたくさん残っている。

父はあの玄関扉を開けて仕事から帰ってくると、必ずレオを抱き上げて「今日も一日、私の代わりに母や家を守ってくれてありがとう。よくやったな！」と褒めてくれた。大きな手で頭を撫でられる度に、レオは誇らしい気持ちになったものだ。

母には暇さえあれば付き纏っていた。当時から使用人が少なかったので、母もいつも忙しそうにしていたけれど、レオの話を遮ったことは一度もない。屋敷のどこにいても、母の笑顔が浮かんでくる。

短い時間だったが、レオにとって二人と過ごせたことは幸せそのものだった。

結婚相手となる女性とも、許された時間を大切に、幸福に過ごしていければいい。

――だからといって……この話に気になることがないとは言わないけど。

強烈なお人好しの血統であるレオでも、今回の話は疑わしいと感じていた。

思い出すのは、三日前の夕暮れ時のこと。

マデリック伯爵家の使者を名乗る女が、事前の通達もなくひっそりと屋敷を訪ねてきたのだ。

黒い外套を羽織った、老年の女だった。

――あれは、術士だったな。

他のどのような奇妙な点より、まず気になったのはそこだった。

レオは金銭の匂いには鈍感だが、こと魔術に関しては右に出る者がいないぐらい、敏感に察することができる。

使者からは強烈な魔石の匂いがした。

普段から相当魔石を使っていなければ、ああはならない。

そして魔石を扱う職業といえば、それは術士しかいない。

――裕福な伯爵家だから、そこに仕える術士も魔石を自由に使わせてもらえるのか？

いや、それにしても魔石はそう簡単に手に入るものではない。

レオは形の良い顎を撫《な》でた。


この世界において魔力はとても珍しいものだ。

魔力に関わる人間も、三種類しかない。

魔術師と、魔術師の血族、そして術士だ。

魔術師は、自身の中に魔力を持っており、それを用いて魔術を使う特別な存在だ。

彼らが持つ魔力量は膨大で、貴重な魔石とも比べものにならない。

人数は非常に少ないが、彼らは一撃で都市を滅ぼし、一夜で国を滅ぼすという。

魔術師が生まれた国から戦争が始まることが続いたので、今では彼ら自身が運営する協会によって、行動を厳重に管理されている。

対して魔術師の血族は、自身で魔力を持つが、生まれ持っての適性がないから魔術は使えず、体内の魔力量も、本物の魔術師には遠く及ばない。

つまり、魔力を持っているだけで普通の人間と変わらない。ただ、魔術師は魔力を持つ者から生まれるので、血族も魔術師協会の名簿に名前を載せ、子供が生まれたら報告する義務がある。魔術師ほどではないが数は少ない。

そして術士とは、道具を用いて魔術を使うことを生業としている者。

ほとんどは魔術師の血族ですらない只人《ただびと》だ。

道具はとても貴重で高価だから、彼らのほとんどは貴族や商家のお抱えになっている。

ちなみにロスティールド家は魔術師の血族の家系だ。お人好しの曾祖母が血族だったそうで、以来、ロスティールド家も魔術師協会の名簿に名を連ねている。

魔力や魔術に絡む人間は以上で、非常に限られている。

術士が魔術師の血族に会いに来るというだけで、レオが魔術絡みの何かを想像するには十分だった。

だが術士の女が持ちかけてきたのは、意外にも主家の娘との縁談だった。

術士は客室の椅子に腰かけるなり、神妙な顔でマデリック伯爵家の長女の話を始めた。

『ローゼさまは齢十八でありますが、幼い頃より病を患っておられ、余命は二年ほどだろうと言われております。ご家族の皆さまは深く心を痛めておられ、残りの人生を景色の美しいこの土地で、女性としての幸福を感じながら過ごして欲しいと願っておられます』

それを聞いて、レオは素直に同情した。

病を患う令嬢も、彼女を想《おも》う家族も、きっと辛《つら》い気持ちでいることだろう。

大切な娘の死を前にして、両親が『女性としての幸福を感じながら過ごして欲しい』と願う気持ちはレオにも理解ができた。この美しい土地で、心穏やかに過ごして欲しいと想う気持ちも。

そして、それならばレオが結婚相手に選ばれたことにも納得がいく。

マデリック伯爵家と比べれば天地ほどの差があるが、ロスティールド家とて貴族の端くれである。

伯爵令嬢が嫁いでくるのに、一応の面目は立つだろう。

そういった理由があるのなら、レオにも断る理由はない。

ずっとお嫁さんが欲しかったことでもあるし、結婚というのも何かの縁だろう。

先方がうちでいいと言ってくれるのなら、レオはすんなり頷くつもりでいた。

使者が、次の言葉を発するまでは。

『卿には、ローゼさまに子を産ませていただきたいのです』

レオは目を丸くした。

『……ですが、彼女は病を患っているのでしょう?』

出産は、健康な女性であっても何が起こるか分からないものだ。

それが大病を患い、余命いくばくもないという女性に子を産ませようなど、とても正気とは思えない。

使者はニヤリと下品な笑みを浮かべた。

『だからこそでございます。どちらにせよ短い命であるならば、新しい命を生み出してこの世を去りたいとローゼさまは仰《おっしゃ》っておられます。ご家族も納得しておりますし、産まれた子供は引き取りますゆえ、卿にご迷惑をおかけすることもありません』

『……つまり、私に養育はさせてくれないということですか？』

『愛する娘を若くして亡くされる、ご家族の思いを汲《く》んでくださいませ。ローゼさまの母君は、娘の忘れ形見を、手元に置いて大切に育てたいと仰っておられます』

使者はそう言うと、レオに『報酬』として莫大《ばくだい》な金額を提示してきた。

ロスティールド家の領地を全て買い戻しても、十分お釣りがくる金額だ。

『子を産ませ、引き渡していただければ、この金額をお支払いいたします』

それとは別に、結婚をすれば、持参金として借金を全て肩代わりしてくれるという。

生まれてから二十七年間、他人の話をまるっと信じて生きてきたが、これは分かった。

――いや、さすがに嘘《うそ》だろう！

病気の女性に子供を産ませろだなんて怪しさ満点だし、報酬の金額が法外すぎる。

使者は、レオに話を信じさせようとは考えておらず、大金のために建前を受け入れるかを試しているのではないか。

――まともに考えれば、断った方がいいよなあ。

術士絡みの怪しい話だ。

おそらく、何らかの事情で、ローゼという娘に血族の子を産ませたいのだろう。

だから借金を抱え、大金をちらつかせれば言うことを聞きそうなレオに白羽の矢が立った。

仮説だが、いい線をいっているはずだ。術士も血族も、そこらにホイホイいるものではない。今この出会いが偶然とは思えない。

きっとトラブルに巻き込まれるし、万年金欠で世渡りベタなレオに切り抜けられるとも思えない。

しかし……。

――そのご令嬢は、何かとても困った状況にいるんじゃないか。

いや、重たい病気だというのに、見知らぬ男の子供を産まされそうになっているのだ。困っているに決まっている。その原因が魔術絡みなら、レオは彼女の力になれるかもしれない。

レオの体に流れる、代々のお人好しの血が騒いだ。

助けてやった方がいいんじゃないか。

今断って、別の男へ話がいったら、令嬢の身にとても悲惨なことが起こるんじゃないのか。

『……分かりました』

結局レオは頷いた。

術士は満足そうに笑うと、値踏みをするような目で言葉を続けた。

『ローゼさまは長患いで、とても十八歳とは思えぬ見た目をしておられます。この私よりも老いた姿でございます。それでも卿は条件を果たせますかな？』

レオはにっこりと笑った。ここは何も考えていない馬鹿を演じる時だと直感したからだ。

『ええ、もちろん。これだけの金額をいただけるのでしたら、どんな女性だって抱いてみせますよ』


使者に向けて言い放った言葉を思い出して、レオはずんと落ち込んだ。

あの場は仕方なかったとはいえ、女性に対して失礼極まりない言い方だった。

「レオさま?」

急に落ち込むレオを見て、サンスが心配そうに名を呼ぶ。

レオは「何でもないよ」と笑った。

縁談に魔術絡みの秘密がありそうだということは、サンスにはまだ伏せておいた方がいい。

心配をかけるだけだ。

「さて、どうなることかな……」

小さく呟《つぶや》いて足を一歩踏み出した瞬間、ドコッと音を立てて床が抜けてつんのめったのだった。

◇◇◇

——ここが、カカラタ村。

揺れる馬車の小窓から、緑と水の匂いを含んだ風が吹き込んでくる。ローゼが視線を向けると、青い山々の膝元に広がる美しい湖が見えた。夕日に照らされた煌《きら》めく湖面からは、まるで光の粒が舞い上がっているようだ。

湖畔には独特な丸い形をした屋根の家がぽつぽつと建っており、その屋根と屋根の間にかけられたロープには洗濯物が干されて風にたなびいている。

鳥の囀《さえず》りと、人々の牧歌が聞こえてきそうな、長閑《のどか》で美しい村だ。

「……綺麗《きれい》」

知らず知らず声が漏れ、片目から一滴の涙がこぼれて落ちた。

ロスティール男爵との結婚が決まったと知らされてから、このひと月半。

ローゼは地下に入れられて以来初めての、平穏な日々を過ごしていた。

まず住む場所が地下から、日の当たる納屋へ移された。毎日清拭《せいしき》が許され、人間らしい食事も与えられた。人目を避けて、毎日十分ほどの散歩もできた。長年の過酷な監禁生活で衰えた体は、一歩、二歩と歩くことも困難だったが、杖《つえ》を使って歩くことも覚えた。

何より鞭で打たれることのない日々は、心にほんの少しの安寧をもたらした。

——気持ち悪い。

ローゼは胃の捻《ね》じれるような感覚を覚えて、手元の袋に胃液を吐き出した。

ああ、気持ち悪い。気持ち悪い。気持ち悪い。

心が動くのが、日々に光を照らされることが、ローゼは不快で仕方がなかった。どうせすぐに奪われるものに希望を見出そうとする、己の救いのなさが気持ち悪くて仕方がない。

嗚咽《おえつ》に気づいた御者が「馬を止めて休みましょうか？」と眉をひそめつつ訊《たず》ねてくる。

王都にあるマデリック伯爵家を出発してから、すでに半月が経《た》っていた。

途中、馬車酔いや体調不良で何度も嘔吐《おうと》するローゼに、御者がうんざりしているのが分かる。

ローゼを拷問し続けてきた術士の女も同行しているが、護衛と共に前の馬車に乗っている。

つまりこの御者が半強制的にローゼの世話をさせられているわけで、嫌になるのは当然だった。

彼はローゼがマデリック家の人間だとも知らされていないらしく、ただただ、気味の悪い老婆だと思っているのが伝わってくる。

——気持ち悪い。

ローゼが年頃らしい容姿を失ってから随分経つが、義母と術士以外の人間にその姿をさらすのは初めてのことだった。全てどうでもいいと思っていたはずなのに、嫌悪の視線を向けられて、ローゼはとてもいたたまれない気持ちになっていた。

この姿を誰にも見られたくない。嫌な顔をされたくない。

息が苦しくて、胸が張り裂けそうだった。

これが良質な魔石を採るための拷問だというなら大成功だ。

爪を剝がれても、歯を抜かれても、ローゼはこれほどの痛みは感じなかったに違いない。

——でも大丈夫、すぐに慣れる。

袋に顔を寄せたまま、自分に強くそう言い聞かせる。

義母や術士が、何の理由もなくローゼを解放するなどあり得ない。

結婚もローゼをさらに深く傷つけ、良い魔石を採るためのものに違いないのだ。

こんなことで傷ついていては、この先辛いだけだ。

やがて馬車はなだらかな坂道を上り、崖上にあるオレンジ屋根の屋敷の前で停《と》まった。

するとすぐに、外から若い男性の声が聞こえた。

「申し訳ないんだけど、その辺はもう隣の領地だから、もうちょっと屋敷に寄って馬車を停めてもらえないかな」

御者の「ええ……そんなことあるんですか？」という戸惑いを、声の主は「いやー、あっはっは」と笑い飛ばしながら「もうちょっと、もうちょっと塀に寄せて」と誘導している。

明るく、優しい声だ。

これからローゼが酷い目に遭う場所にいるには、とても似つかわしくない声。

誘導に従って馬車を停め直し、御者が客車のドアを開く。

どうやら、ローゼもここで降りなくてはならないらしい。

鉛のように重たい気持ちをなだめ、杖を持って立ち上がる。よろめきながら馬車を降りようとすると、下からすっと手が差し出された。

御者だと思って顔を上げたローゼは、そこではっと目を見開いた。

――神の使いさま。

天の国で神に仕える、美しい神さまの使い。

昔、まだローゼに自由があった頃に行った教会で、絵画に描かれている姿を見たことがある。

目の前に立っていたのは、その使いさまを思い起こすような、美しい男性だった。

肩まで伸ばされた艶やかな髪は煌めく金色。

透き通った青い瞳は――そう、ここに来るまでに見たカカラタ村の湖のよう。

均整の取れた顔つきはともすれば冷たく見えそうなものなのに、形のいい目が少し垂れているせいか、とても柔らかだ。

すらりとした長身はほどよく鍛えられていて、中性的な容姿を、より男性的に見せていた。

ローゼは息をするのも忘れて彼に見とれたが、すぐに我に返った。

彼が、信じられないものを見るようにローゼを凝視していたからだ。

――痛い。

ナイフで突き刺されたように胸が痛んだ。

吐き気が込み上げてきて生唾を飲み込む。

だけど大丈夫、この痛みにも、きっとすぐに自分は慣れるはずだ。

「……失礼いたしました」

彼も自分が不躾《ぶしつけ》だったことに気づいたようで、はっと頭を下げた。

そして、先ほどの表情が幻だったかと思うほど輝く笑顔を浮かべる。

「ローゼさまでいらっしゃいますね？」

馬車から降りるローゼを支えてから、明るく訊ねてくる。

小さく頷くと、彼は跪《ひざまず》いてローゼの右手の甲にキスをした。

柔らかなものが触れる感覚に、ローゼは思わず後ろに飛び退いた。杖をついているし、筋力もないから、実際は少しよろめいただけだったけれど。

手の甲がぴりぴりと痺《しび》れ、全身が強《こわ》ばる。

いったい何をされたのか分からず瞬《まばた》きをしていると、彼は涼しげな青い瞳を細めた。

「初めまして、私はレオ・ロスティールド。今日より、あなたの夫になる者です」

ローゼは思わず「えっ」と声を漏らした。

——この人が、私の……？

想像していた人物と全く違う。

近くに立つ御者もまた、ローゼと同じように声を上げた。

この美しい男性と醜い老婆がなぜ、と言いたいのだろう。

だが男性——レオは驚きの声を無視して、春の日だまりのような笑顔で口を開いた。

「長旅で疲れただろう？　来てくれて、とても嬉《うれ》しいよ」

ローゼは返事をすることができなかった。

今口づけられた手の甲が熱い。

息の仕方を忘れたように呼吸が苦しく、胸が詰まる。

冷たく空っぽだった陶器の体に、熱い血潮を流し込まれたようだと思った。

心臓が激しく鼓動する。体温が上がって、手や足の指先まで熱くなる。

——どういうこと？

彼の笑顔は、ローゼを痛めつけてやろうという風にはとても見えない。

ローゼは残酷な人の笑顔をよく知っている。

金塊を削るように人の肌を鞭打つ人たちの、欲に塗《まみ》れた無邪気な笑みを。

もしかすると、この人はローゼが〝魔石の胎〟だと知らないのではないか。

ふと、そんな考えが脳裏をよぎった。だが、ならば何のために自分と結婚するのだろう。

まさか、本当に余生を過ごすためだけに連れてこられたとでもいうのか。

——そんなはずはない。

不意に浮かんだ甘やかな期待に、ローゼはぞっと背筋を凍らせた。希望は毒だ。この世界に、ローゼの救いは一つだって用意されていないのだから。

それにしても気味が悪いのは確かだった。義母たちにとって、自分から魔石を採るより大事なことがここにあるのは間違いない。だが、それが何かは見当もつかなかった。

「それではロスティールド卿、我々はこれで……」

もう一台の馬車から術士が降りてきて、レオにそう声をかけた。

「おや、屋敷には上がっていかれないのですか？」

レオが笑顔で首を傾《かし》げると、術士は「帰りも長旅ですからな……」とうんざりした様子で答えた。

それから、ぎょろりとした目でレオをねめつける。

「次は三ヶ月後に様子を窺《うかが》いに参ります。それまで半月に一度、報告の手紙をお忘れなきよう……」

術士はそう言うと、今度はローゼだけを近くに呼び寄せて耳元で囁いた。

「よいか、ローゼ。残りの人生を穏やかに過ごしたければ、余計なことは一つも言わないことだ。何をされても、あの男に黙って従え。そうそう……背中も見せぬ方がよかろう」

ローゼは生唾を飲み込んだ。

――やっぱり、あの人は知らないんだ。

わざわざ「余計なことを言うな」と口止めするのは、そういうことに違いない。

背中の傷もそうだ。ローゼの背に残る無数の鞭の痕。それを見られれば、きっと理由を聞かれるだろう。そこからローゼが〝魔石の胎〟だと知られることがあるかもしれない。術士はそう言いたいのだ。

やはりレオの笑顔は、ローゼが〝魔石の胎〟であると知らないがゆえのものだった。

全身が緊張して冷や汗が噴き出てくる。

その時ローゼの脳裏に浮かんだのは、三年前に亡くなった父の顔だった。

父は母が亡くなる前からアラソネを囲っていたし、隠し子までもうけてはいたが、ローゼにはずっと優しかった。

だが魔石のことを聞いてからは態度を豹変《ひょうへん》させ、決して救いの手を差し伸べてはくれなかったのだ。それどころか自らローゼを鞭打つことすらあった。

実の父でさえそうなのだ。この優しげな人だって、ローゼの血の一滴が金塊に変わると知れば目の色を変えるに違いない。

術士は、ローゼが〝魔石の胎〟だということを、レオに知られたくないと考えている。

きっと都合が悪いのだろう。

元々、ローゼの血の秘密を知るのは義母と術士、あとは亡くなった父しかいない。

義母はあの異母妹にすら何も事情を知らせなかった。

ローゼの価値は知る人間が少ないほど良いのだ。

またローゼも、口止めなどされずとも誰かに秘密を打ち明けることはないと確信できた。

自分の血は人を狂わせる。誰も信用などできない。助けを求めた相手が、悪魔に変わって自分を鞭打つかもしれない。

痛みを感じずとも、感情のほとんどを失っていても、もう以前のような生活はうんざりだ。

なぜここに連れてこられたのかは分からないが、そんなことはもう、どうでもいいと思えた。

誰にどんな思惑があっても構わない。

本当に残りの短い人生を穏やかに暮らせるなら、死んだように口を閉ざしておこう。

ローゼが頷くと、術士は満足した表情で馬車に乗り込み去っていく。

だが術士の姿が視界から消えても、ローゼの心が晴れることはなかった。

ローゼの首には今も見えない枷《かせ》が嵌《は》まっていて、その鎖は遠ざかる馬車に繋がっている。

足元には革のトランクが一つ。

ローゼに残されたのはこれだけ。

もちろん侍女もいない。見張りすらいないのは、弱りきったローゼの体ではどこにも逃げられないと考えてのことだろう。

〝魔石の胎〟の周りに人が少ないのは、秘密を守りたい義母たちにとって都合がいい。

――これから、どうすればいいのだろう。

ぼんやりとレオを見上げると、彼は刺すような目で去りゆく馬車を睨《にら》みつけていた。

その表情は怒っているようにも、苛立《いらだ》っているようにも見える。

――あの人たちと、いったいどういう関係なんだろう。

彼は術士に、好意的な感情を持っていないようだ。

レオの考えていることを知りたい。

ふとそう思ってから、ローゼは慌てて首を横に振った。

余計なことを考えてはいけない。何がきっかけで、また地下へ戻されるか分からないのだから。

「あの……」

声をかけると、レオが振り向いた。「うん」と優しい声で頷いて、柔らかな笑みを浮かべる。

ローゼはつい下を向いてしまった。

どうしてだろう、レオに笑顔を向けられると胸が騒ぐ。

呼吸が苦しくなって、ここからつい逃げ出したいような気持ちになる。

足下の小さな砂を風がさらっていく。

次の言葉を発せられないでいるローゼに、レオが優しく声をかけた。

「ローゼと呼んでもいいかな？」

顔を上げれば、レオは穏やかな表情でローゼを見つめていた。

「はい」と頷くと、青い目を嬉しそうに細めて「ぼくのこともレオと呼んで欲しい」と言った。

ローゼは無意識に、右手の甲を反対の指先で撫でた。

――どうしよう、心が揺らぐ。

けれど馬車に乗っていた時のような吐き気は感じず、それがローゼをどこか所在ない気持ちにさせた。

「闘病中の長旅で、本当に疲れただろう？　顔色が悪い。色々と話もしたいけど、それはローゼの体調が落ち着いてからにしよう。まずは休んで、体調を整えて」

レオはトランクを持ち上げると、反対の手でローゼの肩を支えながら屋敷へと案内した。

ぱっと見ただけでも屋敷には古さが目立つが、ドアノブはピカピカだ。

室内はとても静かで、他に人の気配はないようだった。

「あの使者に、ローゼが本当に構わないのか確認してもらうようしつこく頼みはしたんだけど……うちが貧乏だって話は聞いている？」

ローゼは少し考えてから頷いた。確か妹がそんなことを言っていた気がする。

「それで申し訳ないことに、今は使用人が一人もいないんだ。とはいえ抱えていた借金は君のご実家のご厚意で返済できたし、これからは多少余裕もできてくると思う。君の侍女も村で雇うつもりだ。相性もあるだろうから、一緒にいい人を選ぼう」

ローゼが嫁ぐ先の借金を、あの義母が払った？

にわかには信じがたく息を呑《の》む。

仮にも貴族同士の結婚だから持参金はあって当然なのだろうが、それにしたって強欲な義母がそんなことをするとは……。

やはり、この結婚には重大な何かがあるのだ。

化け物がひたひたと後ろをついてくるような恐怖を感じつつ、ローゼは首を横に振った。

「必要……ありません」

「え？」

「使用人は……必要ありません」

驚いたように足を止めるレオに、同じ言葉を繰り返す。

弱りきったこの体で、誰の助けもなく日常生活を送れるとは思っていない。

だが食べるものさえ与えてもらえれば、生きていくだけはできるはず。

とにかく、ローゼは人に会いたくなかった。

老いたような姿を見られて不気味がられるのも嫌だし、侍女をつけてしまうと背中の傷を隠しきれないだろう。

そうでなくとも、どんなきっかけで自分が〝魔石の胎〟だと知られてしまうかも分からない。

この屋敷に使用人がいないのは、ローゼにとって僥倖《ぎょうこう》だ。

レオは「でも……」と何かを言いかけたが、すぐに思い直したように頷いた。

「分かった。そのことはまた、いずれ相談しよう」

レオが深く追及しないでくれたことに、ローゼはほっと胸を撫で下ろした。

その後、レオが案内してくれたのは日当たりの良い一階の部屋だった。

「ひとまず、ここをローゼの私室として用意したよ。他にも部屋はたくさんあるから、気に入らなかったり、おいおい変えたくなったら言って欲しい」

ローゼは首を横に振った。気に入らないなんてとんでもない。

華美さはないが、生活に必要な調度品が揃《そろ》った、とても居心地の良さそうな部屋だ。

見るからに清潔で、床に埃や塵《ちり》が見当たらないのはもちろん、澄んだ匂いもする。水拭きをして、空気を入れ換えた後の部屋の匂いだ。

監禁されていた地下室や、ひと月過ごした納屋に比べれば、まるで夢のような場所だ。

部屋が一階なのも、ローゼの体調を慮《おもんぱか》ってのことだろう。その労《いたわ》りと優しさに、また胸が苦しくなった。

使用人はいないと言っていたのに、レオが一人で部屋を用意してくれたのだろうか。

――喜んでは、ダメ。

心を動かせば、義母たちがやってきて、また鞭で打たれる。

もしかすると、この平穏を与えて奪うことこそが、彼女たちの目論見《もくろみ》なのかもしれない。

その後は、湯を用意してもらってなんとか体を清めた。

ゆったりとした白い寝衣のドレスに着替え、部屋で一人ぼんやりとベッドを見下ろす。

室内にある棚や机は長く大切に使われてきたもののようだが、ベッドだけははっきりと分かるぐらい新しい。木材の香りがする。シーツからは太陽の匂いが。

きっと温かくて、寝心地も良いのだろう。

だからこそ、このベッドで眠ってしまったら、もう二度と以前と同じ生活には戻れない気がした。

過酷な監禁生活を耐えるために手に入れた心の盾は、きっとぼろぼろに崩れて砂となってしまう。

その後にまた世界が地獄へ変わってしまったら——。

ローゼはベッドからかけ布だけを摑《つか》んで引き寄せた。よろよろと部屋の片隅に移動して座り込む。

かけ布で体を包むと、ふっと安心感が訪れた。ああ、これなら大丈夫だ。これなら、いつでもあの生活に戻れる。

しばらくそうしていると、レオがドアを叩《たた》いて食事を持ってきたことを告げた。

ローゼはうずくまったままそれを断った。食欲もなかったが、今はこれ以上彼の優しさに触れたくなかった。

けれど目を閉じていると、どうしても瞼《まぶた》の裏にレオの笑顔が浮かんでくる。

ローゼは、レオにキスをされた手の甲を指でなぞった。

誰かの優しさや温《ぬく》もりに触れるのは本当に久しぶりで、心がざわめいている。

右手を胸に寄せ、膝に顔を埋《うず》める。そして、必死にレオの顔を脳裏からかき消した。

◇◇◇

――ローゼは病気じゃない。

キッチンの作業台に両手をついて、レオは一人深く考え込んでいた。

自分でもどれだけそうしていたのか分からない。

いつの間にかとっぷり日が暮れていて、窓からは淡い月の光が差し込んでいる。

脳裏に繰り返し蘇《よみがえ》るのは、馬車から降りてくるローゼの姿。その姿を一目見た時、レオは驚きのあまりに言葉を失ってしまった。

事前に聞いていた通り、確かに彼女は年頃の女性には見えなかった。

青ざめ、やつれた顔。ただでさえ小柄な体を縮こまらせ、震えた手で杖をつき、まるで体の芯をなくしたようによろめいていた。

長い髪からは色が抜けきり、顔を覆う長い前髪の向こうでぎょろりと動く瞳は濁りきっていて、どちらも元の色彩を想像することすら困難だ。

痩せ細った体はまさに骨と皮だけという有様で、顔はもちろん、手の指先に至るまで皺だらけだった。

――そう、皺だ。

レオは以前――まだ子供の頃にだが、魔力を失って亡くなった人を見たことがあった。

魔術師の血族だけが稀にかかる、魔力が抜け落ちていく病気があるのだ。

魔力を失った人間は、みな老いたようになる。

しかしそれは自然に年を重ねたものとは違って、まるで血を絞り取られたような――干からびたような姿になるのだ。

ローゼの状態もまさしくそれだった。

だが彼女がその病気なら、あそこまで症状が進行しては生きていられないはずだ。

余命は約二年と聞いているが、とんでもない。今夜が峠《とうげ》という状態でなければおかしい。

それなのにローゼは歩いていたし、喋《しゃべ》っていた。

つまりローゼは病ではなく、何らかの方法によって体内の魔力を奪われ、かつ管理されているのだ。

――少し、軽く考えすぎていたかもしれない。

マデリック家が魔力を持つ子供を欲しがっているのは分かっていたが、理由は深く考えなかった。

たいした理由がなくとも、魔術師の血族になりたい家はあるからだ。

キッチン台に並ぶ、ローゼを歓迎するために準備した料理へ視線を向ける。

呑気にこんなものを用意して、花嫁が来るのを待っている場合ではなかったのではないか。

――ローゼからは……あの術士から感じた魔石の匂いと、よく似た匂いがした。

ローゼの体の不調が、術士と関係あることは疑いようがない。

だが詳しい事情については、本人から話を聞かなければ分からない。

――きっと、簡単に話してはもらえないだろうな。

やつれ果てた彼女の姿を思い浮かべて、レオは自分の胸元を掴んだ。

ローゼは見れば分かるほど明らかに、心を壊していた。

いったい何を経験すればあんな目をするようになるのか――レオには想像もつかないぐらい、暗く光のない目をしていた。辛い思いをして、深く傷ついていることは聞かなくても分かる。

それなのに、初めてレオが名乗った時、彼女は少し緊張していたのだ。レオが握った指先は強ばり、戸惑うように視線を揺らしていた。

それはとても、年頃の女性らしい反応にレオには見えた。

――力にならなくては。

自分にはとても、彼女をあのまま放っておくことはできない。

ローゼを不憫《ふびん》に思うし、体のことも心配だった。なんとか力になりたいと思う。

だがそうするとマデリック伯爵家を敵に回すことになるかもしれない。

――だけど、ぼくはもうローゼの夫になったんだ。

どんな危険があろうと、夫が妻を助けるのは当然のことではないか。

――よし。

いざ決意すると、肩から少し力が抜けた。

ローゼを支えるためには、まず事情を聞けるだけの信頼を得なくては。

レオは息を吐き、用意した料理を片付け始めた。もちろん捨てるようなもったいないことはしない。明日以降食べられるように仕分けしていく。

ローゼは「食欲がない」と言ってひと口も食べなかったが、夜中にお腹《なか》がすくかもしれない。スープだけはいつでも温められるようにしておこう。

そう考えたところで、ふと水差しが目に入った。

ローゼの部屋の水差しを交換しようと思って忘れていた。時間も遅いし、体調不良に加えて旅の疲れもあるだろうから、きっともう寝ているはず。

しかし、夜中に喉が渇いて水がなかったら可哀想ではないか？

レオは少し悩んでから、水差しを手に取った。

新しい水を注いで、ローゼの部屋へと向かう。

「ローゼ、起こしてすまない。水差しの交換に来たんだけど、入ってもいいかな」

そっとドアをノックすると、すぐに返事がきた。その速度にレオは驚いた。まだ起きていたのだろうか。

ゆっくりドアを開くと、室内は暗かった。

カーテンの隙間から差し込む月明かりを頼りに、ベッドの上に目を凝らす。しかし、そこにローゼはいない。

怪訝《けげん》に思って室内を見渡すと、部屋の隅でかけ布にくるまって座り込むローゼの姿があった。

——どうして、ベッドにいないんだ？

レオは啞然《あぜん》として目を瞠《みは》った。

分からない。そこで眠っていたのか？　ベッドがあるのに？　いったいなぜ？

次々と疑問が浮かんでくるが、混乱しすぎて言葉にならない。

狼狽していると、ローゼがうろんな目をこちらへと向けた。

その顔は、ここだけが自分の居場所だと主張しているようにレオには感じられた。

——どうして……！

心の中で叫ぶと同時に、胸が強く締めつけられた。

眠るのが怖いのか、それともベッドで寝るということを拒絶しているのか。

ローゼはいったい何にこれほどまで怯《おび》え、傷ついているのだろう。

両手がいつの間にか汗ばんでいる。

生まれて初めて感じる激しい感情に、レオは拳を固めた。

これは怒りだろうか、悲しみだろうか、焦りだろうか。分からない。レオはこんな感情を、今日まで知らなかった。

もしかすると、目の前にこれほど傷ついている女性がいることに、ただ動揺しているだけなのかもしれない。

——何か……。

何か、今自分にできることはないのだろうか。

彼女の不安を少しでも取り除くことは――そう考えた時、ハッと思い出して、レオは持ってきた水差しを近くの棚に置くと、身を翻して部屋を後にした。

腹の底から突き上げてくるような衝動のまま、自室に戻り、ベッドサイドの小棚を開く。

そこには素朴な作りの指輪が剝《む》き出しでしまわれていた。

柔らかな月明かりを彷彿《ほうふつ》とさせるシルバーの指輪は、よく磨かれているが、宝石は一つもついていない。どこにでもあるようなシンプルなデザインのものである。

レオは摑むように指輪を手に取ると、手のひらで一度強く握りしめた。

そしてベッドのかけ布を手に取り、急いでローゼの部屋へと戻った。

扉の前に立つと、一度大きく深呼吸をした。自分が今冷静でないことは分かっている。

先ほども、動揺のあまり何も言わずに部屋から飛び出してしまった。

ローゼを怖がらせてはいけない。レオは慎重に扉をノックした。

「ローゼ、入るよ」

できる限り穏やかに声をかけて室内に入ると、ローゼはやはり部屋の隅でうずくまっていた。

レオは手の中にある指輪をぐっと握ってから、大股で彼女に歩み寄り、隣にどしっと座った。

「今日はここで寝てもいいかな？」

訊ねた声は硬かった。

唐突な申し出だと自分でも分かっていたし、拒絶されるかもしれないと思ったのだ。

それでも、この状態のローゼを一人部屋に残して平気ではいられない。

ローゼはぎょろりとした目をこちらに向けると、乾燥した唇を戦慄《わなな》かせた。

「あ……」

言葉とはいえない、うめき声のようなものが彼女の口から漏れる。

何かを喋ろうとしたようだが、上手《うま》くはいかなかったようで、ローゼは結局そのまま俯《うつむ》いてしまった。

「ローゼ」

レオは柔らかく呼びかけると、そっと腕を伸ばして彼女の肩を引き寄せた。

子供の頃、悪い夢を見て泣く自分に、両親がいつもそうしてくれたことを思い出したからだ。

『大丈夫』『心配はいらない』『何も怖いことは起こらない』

両親はそう言ってレオを慰めてくれたが、今同じように彼女に声をかけることはできなかった。

ローゼのか細い肩は今も微《かす》かに震えている。

彼女の心に巣くう不安や恐怖を何一つ知らぬまま安易に慰めても、きっと空虚に響くだけだろう。

「ローゼ、これを君に受け取って欲しいんだ」

握り閉めていた手のひらを開き、中の指輪を見せる。

ローゼはぼんやりとこちらに視線を向け、月明かりに鈍く光る指輪を見つめたが、生気のない表情から感情を読み取ることはできない。

レオはできる限り落ち着いた声で言葉を続けた。

「本当は……もう少し落ち着いてから渡そうと思っていたんだけど……」

そう前置きをしてから、レオは青い目を細めた。

「これは、ぼくの曾祖母が嫁入りの時に持ってきた指輪で、それからずっと嫡男の花嫁に受け継がれてきているものだ。どうか、君に受け取って欲しい」

長い前髪の向こう側で、ローゼの瞳が僅かに揺らいだ。

彼女は今考えているのだ。もしかすると、動揺しているのかもしれない。一見まるで感情を失った人形のようだけれど、決してそうではない。だから傷ついている。

レオは今、心から彼女の助けになりたいと思っていた。

ローゼが指輪を拒絶しないのを確認してから、試しにその細い指に嵌めてみる。

「サイズは、まだ調整しなくてもよさそうかな」

少し大きいが、節のおかげで滑り落ちるほどでもない。

彼女が元気を取り戻してくれれば、きっとちょうど良いサイズになるだろうと思えた。

ローゼは指輪を外そうとすることなく、うろんな眼差《まなざ》しでじっとそれを見つめている。

「……ぼくも今日、ここで寝てもいいだろうか？」

あらためて訊ねると、ローゼは考えるような間を置いた後、こくりと小さく頷いた。

レオはほっとして、再び彼女の肩を抱き寄せた。反対の手は、指輪を嵌めた手に重ねる。

「ローゼ、ぼくは君がここに来てくれて嬉しいよ」

だからどうか、彼女にとってもここが、心から安らげる場所になって欲しい。

レオは心からそう願った。

◇◇◇

ロスティールド家に到着した翌日、ローゼは高熱を出した。

「旅の疲れが出たんだろうけど……」

透き通った朝の日差しが部屋を照らしている。

昨夜と変わらない体勢でうずくまるローゼの額に手を当てて、レオは気遣うように言った。

ローゼの周りには、枕やクッションが身動きできないぐらいに敷き詰められている。これは熱を出してもベッドで寝ようとしないローゼのために、レオが屋敷中から集めてきてくれたものだ。

「やっぱり医者は呼ぼう、ローゼ」

額に添えられたレオの手が、ひんやりとして心地好《よ》い。

ローゼは熱でぼうっとしたまま、弱々しく首を横に振った。

「疲れた……だけ、です……」

「だけど……」

「お願いです……医者は……」

鉛のように重たい腕を動かし、レオの袖を指先で摑む。

掠れた声で言い募ると、レオは悩むように顎を撫でた。

「……分かった。でもこれ以上酷くなるようなら、もう一度考えてくれるかい？　ローゼ」

レオが心から自分の体調を心配してくれていることは、その表情や声から痛いほど伝わってきた。

けれど、何度言われてもローゼの考えが変わることはない。見知らぬ医者に体を見せるなど、想像するだけでも恐ろしくて吐きそうになる。

ローゼはそのことを申し訳なく思いながらも、この場をしのぐために頷いた。

だが「医者は呼ばないで欲しい」「ベッドでは寝たくない」と我《わ》が儘《まま》ばかり言う病人にも、レオはその後も嫌な顔一つせずに看病をしてくれた。

濡《ぬ》らして絞った布で額を冷やし、頻繁に取り替えてくれる。

水分もろくに取れないローゼの唇を、湿らせたガーゼで潤してくれる。

ずっと側《そば》に寄り添って、優しい声をかけてくれる。

地下に監禁される前まで記憶を遡っても、ローゼにこんなに優しくしてくれた人は母ぐらいのものだった。

――温かい。

気がつけば、ローゼは夢を見ていた。心が擦り減っていたからか、もう長い間、悪夢すら見ていなかったというのに。

夢の中で、ローゼは少女の姿で日差しの下にいた。

母の腰に抱きついて、無邪気に笑っている。

――お母さま……。

心の中で呼びかけながら、目を覚ます。

どのくらい眠っていたのか、窓の外はすでに暗く、部屋には月明かりが差し込んでいた。

ぼんやりと視線を動かすと皺だらけの自分の手が目に入り、ローゼは歯を食いしばった。

分かっている、こっちが現実だ。今さら、こんなことで絶望したりしない。

けれど、熱のせいだろうか。

ローゼは今、とても寂しくて、悲しかった。

――お母さまに、会いたい。

自分を愛し、寄り添ってくれた母に。

そんなことを考えながら軽く身じろぎした時、すぐ側でレオが眠っていることに気づいた。

彼の手には布が握られたままだ。ローゼの額を冷やす布を取り替えた後、疲れてそのまま眠ってしまったのだろう。

その姿を見たローゼは、泣きたいような気持ちになって顔の真ん中に皺を寄せた。

レオの隣にいると、ローゼは日だまりを思い出すのだ。

あたたかい温もりを。まだ幸せだった時を。誰かが自分を愛してくれていた日々を。

ローゼは皺だらけの指で、彼が昨日嵌めてくれたシルバーの指輪を撫でた。

飾り気はないけれど、触るとつるりとしていて、よく磨かれているのが分かる。

彼はどういう気持ちで、この指輪をローゼにくれたのだろう。

優しい人だから、ローゼを励まそうと思ったのだろうか。そうかもしれない。彼はローゼから何も奪おうとはしない。何一つ無理強いしたり、乱暴なことをしたりもしない。

レオの隣は、とても居心地が好い。

その温もりを受け入れてはいけないと思いつつも、ローゼは心に安らぎを感じてしまっていた。


次に目が覚めると、また窓の外が明るくなっていた。

どうやら朝らしい。

レオは隣にいなかったが、しばらくすると白い陶器の小皿を手にやってきた。

「林檎《りんご》をすりおろしてきたけど、食べられそう?」

「……あ、りがとう、ございます」

ローゼは頷くと、嗄《か》れた声を絞り出した。

クッションの巣から両手を伸ばして皿を受け取ろうとしたが、レオはそれをやんわりと制して側に腰を下ろした。

「ほら、口を開けて」

すりおろした林檎をスプーンでひと匙《さじ》すくって、ローゼの口元に近づける。

ローゼは驚いて動揺し、瞳を揺らした。

まさか、レオがここまでしてくれるとは思わなかった。

申し訳ないのと同時に胸がざわつく。「自分でできる」と言いたいが、熱のせいで指先に全く力が入らない。レオもそれを分かっているから、こうして食べさせようとしているのだろう。

戸惑いもあったが、言われた通りにすることには慣れている。

気がつけばローゼは口を開いていた。

ひと匙のすりおろした林檎を舌の上に置かれて、力なく顎を動かす。

――甘い……。

甘味を感じるのはいつぶりだろう。分からない。ローゼはこの数年、自分が何を食べてきたのかよく覚えていなかった。〝こう〟なってからは噛《か》む力も弱くなって、ほとんどスープしか飲んでいなかった気がする。

素直に美味《おい》しいと感じ、皿が空になるまでしっかりと食べきれた。

「あ……、あの、あ……」

ローゼは感謝の気持ちを伝えようとしたけれど、どうしても上手く言葉にできなかった。

ありがとう。ずっと側にいてくれて心強かった。おかげでゆっくりと眠れて、体もとても楽になった。看病しながら疲れて眠ってしまうぐらい無理をさせてごめんなさい。

言いたいことはたくさんあるのに、言葉にすることは難しい。

感謝の気持ちを言葉にするなんてことを、ローゼはもうずっとしてこなかった。

「あ、ありが、とう……」

仕方なくそれだけ伝えると、レオはにこりと笑ってローゼの白い髪を撫でた。

「大丈夫」

レオはそう言うと、皿を置いてローゼの隣に座った。

二人の間を阻むクッションをよいせとズラし、ローゼの肩を引き寄せて、左手を握る。

長く形の良い指が、しわくちゃのローゼの指に絡んで優しく撫でた。

彼の指先は少し荒れてカサついていて、けれどそれが肌に擦れる感覚は不思議と心地好い。

ローゼの鼓動が速くなる。血色を失った顔が赤くなっているような気がして、慌てて俯いた。

「……大丈夫」

静かに言葉を繰り返すレオに、鼻の奥がつんとなる。

レオの手のひらは温かく、まるで彼の体温が流れ込んでくるような気がして、ローゼは瞳を揺らした。

心がざわついている。

優しくしてもらえて嬉しいと感じているのに、そんな自分を認めるのが怖い。

誰かを信じることはとても恐ろしく、信じてみたいと感じる度に涙が込み上げてくる。

涙はもう涸《か》れているから、頬に流れ落ちることはないのだけれど。

お互いに物言わず、静かに時間が流れる。

もう一度ローゼが眠りに落ちるまでの間、レオはただ側にいて、手を握り続けてくれた。


数日してローゼの体調が回復しだすと、レオは時間を見つけて散歩に誘ってくれるようになった。

散歩といっても庭を歩くだけだが、ローゼにとっては大変な運動だ。

外に出るのは午前中、日差しの強くない時間に少しだけ。それでも最初のうちはすぐに気分を悪くしていたが、何度か繰り返しているうちに体も慣れてきて、周りを見る余裕も出てきた。

「うちが身を持ち崩す前に建てた家だから、敷地だけは広いんだ。庭もそれなりの大きさだけど、庭師を雇う余裕はないから観賞用の花とかはほとんどなくて……」

空っぽの花壇を見つめながら、レオは申し訳なさそうに言った。

確かに庭は寂しい印象だった。

だが野放しとは違って、よく整備されているようだ。

土の地面の間には赤いレンガ道があり、向こうの塀沿いには青く茂る木々が見える。

雑草は抜かれているが、野花は残されていて、白や黄色の小さな花が風に揺れていた。

杖を止めて足下の花を見つめると、レオが気遣うようにローゼの顔を覗き込んだ。

ローゼが体調を悪くしたかと思ったのだろう。

彼が心配してくれているのだと分かっていても、明るい場所で顔を見られることにまず抵抗を感じてしまい、ローゼは身じろぎした。

今はレオの母のものだという外套を借り、フードで顔を隠しているけれど、視線を感じる度に胸がきりりと痛む。それがレオの視線だと思うと余計に心が絞られるようだった。

ローゼは彼には——彼にこそ、醜いこの姿を見られたくないと思う。

だがレオの方はローゼの容姿を気にしてはいないようだ。

初めて出会った時に驚いた顔をしただけで、それ以降ローゼの容姿に特別な反応を見せることはない。

——どうして……。

なぜレオは、自分のような人間が妻になったというのに、嫌な顔一つ見せず微笑《ほほえ》んでいるのだろう。

持参金で借金を返せたからだろうか？

いやお金のためだけなら、ここまで優しくはしてくれないはず。

彼の献身に打算は感じない。

レオは、あの強欲な義母や術士とは正反対の人間に見える。

彼と義母たちの間にどんな取り決めがあって、今こうなっているのだろう。

それが分からないから不安になるのだ。だけど――。

「花を摘んで、部屋に飾ろうか？」

考え込んでいたところに問いかけられ、首を横に振る。

だがそれだけではレオの好意を無碍《むげ》にするようで、心苦しい。ローゼはここに来てからずっと彼に良くしてもらっているのに、自分の心を守るのに必死で、ろくにお礼も言えていない。

ローゼは大きく息を吸うと、自身を奮い立たせて声を絞り出した。

「……こ、こは、心地……好さそうです」

日の当たる場所で、風に揺れながら自由に咲いている花を摘むだなんて、あまりに可哀想だ。

そう考えて発した言葉を、レオは深読みした素振りを見せず「そうか」と頷いた。

「じゃあぼくたちが、またここへ見に来よう」

何でもないことのようにレオが言う。

そのさりげなさに胸が詰まった。

「……嫌、では、ないのですか？」

気がつけば、ローゼの口からはそんな言葉がこぼれ落ちていた。

レオが「え？」と目を丸くする。

「何がだろう？」

質問の意図が分からないとばかりに問い返されて、緊張で喉がカラカラになった。

「その……わ、私と、一緒に……庭を歩くのが、大変だろうと」

本当はそんなことを訊ねるつもりはなかったのに、つい口を滑らせた自分が憎らしい。

大変かどうかなど、分かりきったことを聞いても仕方がないだろうに。

けれどレオは、そんなローゼの憂いを吹き飛ばすように明るく笑った。

「まさか！　ぼくはローゼと庭を歩く時間が、最近では一番の楽しみなのに」

「楽しみ……」

「そう。体調が優れないローゼに言うのは悪いと思って黙っていたけど、ぼくはこの時間が好きなんだ。誰かと一緒に並んで庭を歩くなんて、何年ぶりだろうと……ずっと嬉しかった」

レオはそう言うと、ローゼの肩を支えながら、奥にある大きな木を指さした。

「ぼくが子供の頃、あの木の枝に父がブランコを作ってくれて、よく遊んでいたんだ。うちはお金がなかったから、出かけるより家で過ごすことが多くて……特に庭には、たくさん思い出が残っている」

青い瞳をゆっくりと動かして辺りを眺めてから、ローゼに微笑みかける。

「両親は、ぼくが子供の頃に亡くなったんだ。それからずっと、いつか結婚して、新しい家族とこの庭で過ごしたいと思っていた。だけど、うちみたいな貧乏な家に来てくれる女性はいないからと諦めていたんだ。……ローゼのおかげで夢が叶《かな》った。本当にありがとう」

柔らかい笑顔を向けられて、ローゼは思わず涙ぐんだ。目尻に滴が溜《た》まって俯く。

――ありがとう、だなんて……。

新しい家族と過ごすのが夢だったのに、それがこんな自分でも、彼はそう言ってくれるのか。

他人に傷つけられ、奪われ続け、信じることをやめたローゼにも、彼が嘘をついていないことは分かった。

胸がじわりと熱くなる。

レオは優しい人だ。彼の隣にいたいと思った。許されるなら、この命が尽きるまで。

――本当に……。

本当に、秘密を守り続けていれば、死ぬまでここで過ごせるのだろうか。

そんなことを考えてしまうほど、ローゼはレオの存在を心に受け入れ始めていた。

「前髪を少し切ってみないか？」

窓辺の小さなテーブルに朝食のスープを並べながら、レオが何気ない様子でそう言った。

「前髪を？」

そう首を傾げるローゼは、いつものように部屋の隅でクッションに埋もれている。

ここへ嫁いできてから、約半月。

レオは変わらず献身的に接してくれていた。

そのおかげで、ローゼの体調は以前と比べて格段に良くなっていた。起きていられる時間も増えたし、散歩中に気分を悪くすることもなくなった。

それでもまともに動ける時間はまだ少なく、レオは「今はゆっくりと体を休める時だ」と、ローゼの身の回りのことを全てやってくれているのだった。

自分のことすらまともにできないと思うと情けない気持ちになるし、レオに対して申し訳なく思うのだが、ローゼが謝る度に「ローゼに元気になって欲しくて勝手にやっていることだから」とあっけらかんと笑ってくれる。ローゼは泣きたいような気持ちになりながら、彼の献身に甘えていた。

テーブルに置かれたスープからは白い湯気が緩やかに立ち上がり、良い香りが漂っている。

ローゼはよろよろと立ち上がってテーブルへ向かった。レオがすぐに気づいて体を支えようとしてくれるのを、手を前に突き出して断る。ここ数日、ローゼは杖がなくとも歩けるようになっていた。

スープは薄い黄金色をしていて、豆と、細く刻んだベーコンが少し浮かんでいる。一人分しかないので、レオはすでに食事を済ませているのだろう。彼はローゼと一緒に食事をすることもあれば、調理をしながら簡単に済ませてしまうこともある。

レオは朝早くから何かしら仕事をしているようだし、ローゼも体調が悪く食事が取れない時もあるから、その方が気楽で助かっていた。

彼にお礼を言ってから椅子に座り、膝の上でぎゅっと拳を作った。

「髪、は……、切らなくとも……」

長い前髪越しにレオを見つめ、おずおずと口を開く。

ローゼは、少し前から彼に顔を隠すのをやめていた。

身の回りのことを全てやってもらっているのに、顔を隠そうとすると、どうしても気を遣わせたり、手間をかけさせたりすることになる。

レオはちっともローゼの容姿を気にしないから、そういうことが申し訳なくなってしまったのだ。

だが、今も前髪は顔を覆うように伸ばしたままだ。

真っ白な髪の向こうでぎょろぎょろと目玉を動かす自分の姿は、レオからすると不気味に見えるかもしれない。

ローゼは急に不安になって俯いた。握った拳の中に汗が滲《にじ》んでくる。

もし彼を不快にさせているのなら前髪を切るべきだ。

手入れをせずに伸ばしているだけの髪は自分でも鬱陶しく、切りたくないわけではない。

――でも……。

髪を切るのなら、きっと理髪の職人に頼むことになるだろう。

それは今のローゼにはとても恐ろしいことだ。

見知らぬ他人に会い、髪を触れられ、鋏《はさみ》を向けられる――想像するだけでも悲鳴が出そうになる。

ローゼは自分が取り乱さずにいる自信がなかった。

動揺し黙り込むローゼの心の中を読んだように、レオが「ぼくが切るよ」と言った。

「……レオが？」

「そう。もう何年も自分で自分の髪を切っているから、これでもなかなかの腕前なんだ」

右手で鋏の真似《まね》をしながら安心させるように笑う。

それからローゼの隣の椅子に腰かけ、スプーンを手に取った。

「もちろん無理にとは言わないよ。ただ、前髪だけでも切ると、少し気分が変わるんじゃないかと思ったんだ」

スープをすくい、軽く冷ましてからローゼの口へと運ぶ。

看病をしているうちに当たり前の感覚になったのだろうか。ローゼが自力で食事ができるようになってからも、レオは頻繁にこうして食べさせようとする。ローゼもついつい慣れてしまって、今もすんなり口を開いた。

青豆の甘みと、ベーコンのほど良い塩っ気が美味しい。

スープをしっかりと味わって飲み込んでから、ローゼは瞳を揺らした。

――レオが、髪を切ってくれる……?

それなら、大丈夫かもしれない。

ローゼは自分でも驚くほど自然とそう思った。

レオになら、鋏を向けられても怖くない。

「……お、願い……します」

震える声を絞り出す。

「うん」

レオが澄んだ青色の瞳を細めて笑った。

スープをまたひと匙すくって、ローゼの口へと運ぶ。

「良い気分転換になるよ」

穏やかな声に、ローゼも素直に、きっとそうなるだろうと思えた。


食事を終えると、ローゼはレオの腕を借りながら庭へ出た。

まだ朝とはいえ晩春の日差しは暑いほどで、レオは木陰に白い椅子を一脚持ってきてローゼを座らせた。

「じゃあ切るよ」

鋏を片手に持ったレオが、正面に立ってそう声をかける。

ローゼはぎゅっと目を閉じて頷いた。

レオの少し荒れた指先が、額を僅かに掠めながら前髪に触れる。

その瞬間は体が強ばったが、すぐに切られた髪がはらはらと落ちていくのを感じ、ふっと力が抜けた。痛いことも、恐ろしいこともない。髪を切っている、それだけのことだと思えた。

続けて鋏を動かす音がして、細かくなった髪が鼻や頬を撫でながら地面に落ちていく。

「こんなものかな」

レオがそう言ったのを合図に、ローゼはゆっくりと目を開いた。

――あ……。

太陽の日差しが眩《まぶ》しい。

ローゼは額に手をかざして目を細めた。

薄く開いた瞼の向こうは、信じられないぐらい晴れ渡っている。空も、木々も、野花も全てがくっきりと、色鮮やかに見えた。

――ああ、そうだった……。

母が生きていた頃、ローゼの目に映っていた世界はこのように美しいものだった。

「どうだろう？　まだ髪が視界にかかるかな……」

レオが腰を曲げて顔を覗き込んでくる。

明瞭になった視界に映る彼はより美しく感じて、心臓が激しく高鳴った。

だがすぐに、自分の顔も同じように見られているのだと気づき、慌てて俯く。

「ローゼ？」

驚いたように名前を呼ばれ「見ないで」と声を絞り出す。

「……どうして？」

柔らかな低い声が、心配そうに訊ねる。

ローゼはなんと返していいか分からずに声を詰まらせた。

――どうして？

そんなの、理由は一つに決まっている。

今の自分の姿を見れば、誰にだって分かるはずなのに。

「醜い……から……っ」

ここへ来て、自分の容姿のことについて口にしたのは初めてだった。

どういう反応が返ってくるのか考えるだけでも恐ろしく、きつく目を瞑《つぶ》る。

「ぼくはそうは思わないけどな」

だがレオは、拍子抜けするほどあっさりした口振りでそう言った。

ローゼは息を呑み、僅かに瞼を痙攣《けいれん》させながら目を開いた。

レオがその場に膝をつき、ローゼの顔を覗き込んで皺だらけの頬を撫でる。

「……思った通り、ローゼはとても優しい目をしている」

それがとても嘘と思えない声だったから――いや嘘でも良かった。

嘘でも、単なる慰めでも、レオにそう言ってもらえたことがローゼは嬉しかったのだ。

心がぎゅうと引き絞られる。

とにかく胸がいっぱいで、呼吸が苦しい。腹の奥に眠っていた感情が、ぽつりぽつりと、胸にまで込み上げてくるようだった。

膝の上で握りしめていた自分の手に、一滴の涙が落ちる。

自分が泣いているのだと気づいたその瞬間、何か糸が切れたように次々と涙がこぼれ始めた。

「あ、ありがとう……レオ……」

嗚咽が突き上げてくる中、ローゼは必死に声を震わせた。

両手で顔を覆い、何度も、何度も感謝を告げる。

レオはもう何も言わなかった。ただローゼの頭を抱きしめ、嗚咽が止まるまで静かに寄り添っていてくれた。

その日の夜。

すぐ隣で寝息を立てるレオを、ローゼはぼんやりと見つめていた。

燭台《しょくだい》の仄明《ほのあ》かりに浮かび上がる、美しいレオの横顔。彼はクッションを背中や腰に当て、壁にもたれかかるようにして眠っている。

――レオは、きっとベッドで眠りたいはずなのに。

ローゼがいくら「レオはベッドで寝て欲しい」と言っても、レオは「本当に疲れていたらそうするよ」と聞き入れようとしない。

そして結局、毎晩こうしてローゼと一緒に眠ってくれるのだ。

彼の手は、今もローゼの手をしっかりと握りしめている。

その温もりに、ローゼは何度も目を瞬かせた。そうしていないと泣いてレオを起こしてしまいそうだった。

――私は……。

薬指に嵌めた指輪を見つめながら、きゅっと唇を横に結ぶ。

――私は、レオと一緒にいたい。

そう思う自分は愚かだろうか。

この結婚にどういう意図があるのかも知らないくせに。

義母たちにあれほどの目に遭わされてなお、誰かの優しさを信じようとするなんて。

それでも――たとえ全てが仮初めでもいいと思えるぐらい、彼との時間はローゼにとってかけがえのないものになっていた。一つ一つの思い出が宝物だと思えるほどに。

ローゼはそっと、レオと繋ぐ手に力を込めた。

――私は、もう……そんなに長く生きられない。

術士は、ローゼの寿命を残り一年ほどと言っていた。

それぐらいの時間なら、レオの隣にいたいと願っても許されるだろうか。

ろくに自分のこともできず、見た目もこのようになって、とても胸を張って彼の妻は名乗れない。

それでも、レオが笑って自分を受け入れてくれるのなら、ローゼは彼の優しさに甘えたいと思った。

『残りの人生を穏やかに過ごしたければ、余計なことは一つも言わないことだ』

脳裏に術士の言葉が響き、目を閉じる。

――言わない。

余計なことなど、絶対に、何一つ言わないと誓う。

だからどうか、残された僅かな時間を彼の隣で過ごすことを許して欲しい。

ローゼは祈るような気持ちで、繋ぎ合った手を見つめ続けた。

そして、ここへ来て二ヶ月目の朝。

先に起きたレオが部屋を出るのを見送ってから、ローゼは立ち上がってカーテンを開いた。

燦々《さんさん》とした朝日に、薬指の指輪が光る。

「……綺麗」

ローゼは、左手を目の前にかざした。

ロスティールド家の花嫁に受け継がれているという大切な指輪。

飾り気のない素朴なデザインだが、不思議なことに、日に当てるとリングの周りに光の粒が舞っているように見える。そのことに気づく余裕が持てたのも、まだつい最近のこと。

指輪の周りに煌めく光の色は様々で、少し傾けると淡い青色に、反対に傾けると今度は仄かに赤く、まるで虹色に変化しているようだった。

どういう仕掛けなのだろう。レオに聞いてみたいと思いつつ、ローゼは勇気が出ないでいた。

なにせローゼはまだ長く喋れないし、会話らしい会話もできない。

そのまましばらく変化する光の粒に見とれてから、ローゼはカーテンを両端に留めてワードローブへと向かった。

両開きの扉を開くと、中にはドレスや普段着がかけられている。ほとんどはレオの母が使っていた古着で、彼は申し訳なさそうにしていたが、ローゼにはどれも十分すぎるものだ。

ローゼは普段着の中から、一番動きやすそうなものを選んで手に取ると、ぎゅっと胸に抱きしめた。

――大丈夫……できる。

強く自分に言い聞かせる。

ローゼは今から、レオがしている家の用事を手伝うつもりでいた。

なにしろ、レオはとても忙しい人なのだ。

朝は決まって日の出と共に目覚め、数時間してからローゼの朝食を部屋へ持ってきてくれる。その数時間の間に、家や庭の掃除や手入れをしているようだ。

日中は家で仕事をしている日もあれば、外に出かけている日もある。

そして日が暮れ始めると夕食の準備をし、残った家の仕事を片付けている。

その合間合間にローゼの世話が入るのだから、レオに休んでいる時間はないはず。

ローゼは、最初に自分付きの使用人を探す話を断ったことを申し訳なく思っていた。

だが、今もレオ以外の他人には会いたくないし、体に触れられるのも耐えられそうにない。

使用人の話はとても受け入れられそうになかった。

かといってこのままレオに負担をかけ続けるのは心苦しい――そんなことを悩み始めていた時、ローゼは自分の体の変化に気づいた。

まず、杖をつかずとも歩けるようになった。

それから少しずつ、起きて動いていられる時間が増えてきた。

きっとレオの献身的な介護のおかげだ。そうして体が元気になってくると、自分でも思いがけない考えが浮かんできたのだ。

どうしても使用人を側に置けないなら、自分が働けばいいのではないか。

自分のことを自分でできるようにして、食事の準備なども手伝えるようになれば、レオの負担も少しは減るだろう。

ローゼは、部屋の隅に置いてある化粧台に歩み寄った。

鏡を嫌がるローゼのために、姿見の部分にはレオが黒い布をかけてくれている。その布を、ローゼは両手で恐る恐る剝ぎ取った。

鏡がちらと見えた瞬間は思わず顔を背けてしまったが、勇気を出して前を向く。

そして、そこに映る自分の姿に目を見開いた。

——皺が……減っている……ような気がする。

ローゼの顔から、以前よりほんの僅かだが皺が減っていて、ここに来た時より少し若返って見えた。老人に見えることに変わりはないのだが、見る者が顔を背けるような不気味さは軽減されている。

三食栄養のある食事を取って、全身に少し肉がついたせいだろうか。

ローゼは息を呑んだが、すぐ我に返って服を着替えた。

髪に櫛《くし》を通し、一つに纏める。

そうすると、まるで普通の老女のようだ。

人間らしい容姿に、また腹の奥から力が湧いてくる。

深く息を吸い込み、生唾を飲み込む。自分がとても緊張しているのが分かった。なにしろ自分の意志で行動するのはとても久しぶりのことだ。

震える体と、怯《ひる》む心を、ローゼは何度も深呼吸をしてなだめすかした。

ありったけの勇気と気力を振り絞って部屋の扉を開け放つ。

一人で廊下に出るのは初めてだ。心細さと不安に足が竦《すく》む。色褪せた木の床にゆっくりと両足を置いてから、軽く周囲を見渡す。

レオがいる場所はすぐに分かった。キッチンから音がしたからだ。

転ばないようにゆっくりと歩いて向かい、そっと中に顔を覗かせる。

「あの……」

声をかけると、レオが弾《はじ》かれたように振り向いた。

「ローゼ?」

調理を始めようとしていたらしく、レオはエプロンをつけるところだった。

肩まで伸ばした髪を一つに纏め、腕まくりもしている。

「どうしたんだ？」

レオが目を丸くする。

ローゼが自発的に部屋から出てきたのは初めてだから、驚くのは当然だ。

「手伝い……ます……」

ぎゅっと手を握りしめ、なんとか声を振り絞ると、ほっとして全身から力が抜けた。良かった、ちゃんと言えた。

だがレオは青い目を細めて、心配そうに眉を寄せた。

「気持ちは嬉しいけど……無理をしなくていい。まだ体は辛いはずだ」

ローゼはただ首を横に振った。

体は大丈夫、本当に気分が良いのだ。今なら皿洗いぐらいはできると思う。自分のことも自分でできるようになりたいから、もっと屋敷のことも教えて欲しい。

そう思っているのに、伝えたいと思っているのに声が出ず、背中に汗が浮かぶ。

こんなに長く喋ろうとしたのは久しぶりだ。

どうしようもなくなって俯くローゼの手を、いつの間にか目の前に来ていたレオがそっと握りしめた。そして少し考えるような時間を置いてから「うん」と頷いた。

「じゃあ、少しお願いしようかな。だけど辛いと思ったらすぐに休むこと。それだけ約束をして欲しい」

レオの言葉に、ローゼはほっとして顔を上げた。頷くと、レオが嬉しそうに笑う。

「よし！　じゃあ、一緒に畑に行こう」

——……畑？

思いがけない言葉にきょとんとする。レオはローゼの手を引くと庭へ連れ出した。そして隅っこの、日当たりの良い場所にある小さな畑の前で足を止める。

何度も庭を散歩しているのに、畑があることに気づかなかった。

「毎日の野菜代も馬鹿にならないから、自分で栽培できるものはしているんだ」

それを聞いて、ローゼはますます目を丸くした。

目の前の畑は小さいが、見ているだけでも元気になるぐらい青々としている。支柱に絡んで伸びる蔓《つる》に、いくつもの房をつけるさや豆。隣で同じように伸びる蔓は胡瓜《きゅうり》だろうか。向こうにはトウモロコシや、レタスといった野菜も見える。

「……これを、全てレオが……一人で？」

訊ねると、レオは嬉しそうに頷いた。

「ローゼが来てくれたから、もう少し畑を広げようと計画をしているところだ」

腕を組んで言ってから、レオはちらっと窺うようにローゼの横顔を見つめた。

「……貧乏すぎてびっくりした？」

ローゼはぷっくりと膨らんださや豆をしげしげと見つめながら、首を横に振った。

「食事は……ネズミやムカデを捕って食べると聞いていました」

妹は確かにそう言っていた。

だからこの程度で驚いたりしないと言おうとしたが、すぐにとても失礼だったと気づいて、ローゼははっと口元を押さえた。

慌ててレオを見ると、顎に手を当てて首をひねっていた。

「ネズミは食べると病気になりそうだから、医者代の方が高くつきそうだ。ムカデは……そもそも食べられるのかな……」

「あ、あの……ごめんなさ……」

「でも、蜘蛛は食べたことがあるよ」

ローゼは謝ろうとした言葉を呑み込んで「えっ」と悲鳴のような声を上げた。

するとレオが、悪戯《いたずら》っぽい笑みを浮かべてローゼの顔を覗き込んだ。

「……冗談だ。これでも食べる肉は鳥か、四本足の動物って決めている」

どうやら、からかわれたらしい。

僅かに唇を尖《とが》らせると、レオは楽しそうに声を上げて笑った。

その笑顔を眩しく感じて、思わず目を細める。

レオを、まるで太陽のような人だと思った。

「でも、そこまでの貧乏を想像して来てもらったなら、これからも十分うちで生活してもらえそうだ」

　レオはしみじみと言ってから、畑の前にしゃがみ込んだ。

「さて、スープにするさや豆が欲しいんだ。いくつか一緒に取ってもらってもいいかな」

　ローゼは彼の隣に腰を下ろした。レオがさや豆の一つ一つを指さして、どれが食べ頃かを説明してくれる。

「さやが膨らんで、まるっとしているものがいい。見るからに美味しそうだなってやつを頼む」

　レオの説明にローゼは真剣に頷いた。

「さやが……膨らんで、まるっとして……美味しそうなの」

　言葉を繰り返しながら、実った一つ一つのさや豆を睨むような目で確かめていく。すると、隣で同じように豆を取っていたレオの手が、いつの間にか止まっているのに気づいた。振り向くと、レオは息が詰まるほど優しい笑顔で、じっとローゼを見つめていた。

　——胸が……苦しい。

　この気持ちを、いったいなんて呼ぶのだろうか。

　答えを見つけるのが怖くて、ローゼは赤くなった顔を隠すように俯いた。

その日から、野菜の収穫はローゼの仕事になった。

野菜を一つ一つ観察しながら収穫していくことは、ローゼの生活に温かな彩りを与えてくれた。

慣れてくると、レオは簡単な調理も任せてくれるようになった。それはさや豆の筋を取ったり、トマトのへたを取ったりという仕事とは言えないものだったけれど、レオと同じ調理場で何気ない会話をしながら過ごす時間は、ローゼにとってかけがえのないものになった。

「今日は天気もいいし、村へ洗濯に行ってくるよ。ついでに仕事もあるし」

そんな日々をさらにひと月ほど重ねたある日、一緒に朝食の片付けをしていたレオが思い出したように言った。

レオは週に何度か、天気の良い日を選んで村へ洗濯に行く。カカラタの湖から流れ出す川で、村の女性たちと一緒に洗濯をしているのだという。皆で協力するので、シーツなどの大物を洗うのにちょうどいいらしい。洗濯を終えた衣服は、カカラタ村の物干しに吊《つ》るしてもらって、いつも明くる日に受け取りに行っている。

ちなみに、ローゼの肌着もこの時に、村の女性に頼んで洗濯をしてもらっている。レオの配慮によるもので、正直とてもありがたい。

――早く、水仕事もできるようになりたい。

ローゼの体調は驚くほど回復していた。

歩いていても簡単にふらつかないし、少し無理をしたぐらいでは熱も出ない。

それでもレオは「まだ少しでも体を冷やすべきではない」と言って、皿洗いもさせてくれないのだ。

今だって、ローゼは乾かした皿に残った水分を拭いているだけだ。

そんな状況を少しもどかしく思いつつ、ローゼはこくりと頷いた。

「留守にするけど、鍵はちゃんと閉めていくから安心して」

腰に手を当て、嬉しそうにレオが言う。

出かける時「鍵はかけていく」と宣言するレオが、いつもちょっと誇らしげなのがローゼには不思議なのだった。


レオは大きな籠に洗濯物をいっぱいにして出かけると、二時間ほどで帰ってきた。

玄関ホールまで迎えに行けば、レオが「ただいま」と嬉しそうに笑う。

その彼が両手で抱える籠の中には、行きとは違って様々な道具が入っている。

――あれは、なんだろう。

疑問が顔に出ていたのか、レオが「ああ」と籠の中に視線を落とした。

「今日はちょうど山向こうの町から商人が来る日だったから、仕事をもらってきたんだ」

「……仕事？」

「そう、この道具を修理するんだ。ぼくの本業だよ」

ロスティールド家は領地がないので、収入を得るにはレオが働くしかない。

村で畑仕事などを手伝って賃金をもらっていると聞いていたが、そちらは副業だったのか。

「今から作業をするけど、見てみるかい？」

レオの仕事内容に心を引かれてローゼは小さく頷いた。

「おいで」と言って、レオが一階の廊下を奥へと進み始める。

そして突き当たりにある扉を肩で押し開いた。

「ここがぼくの仕事部屋だ」

そこは、建物の塔になっているところだった。天井は高く吹き抜けになっている。

――ここが、レオが仕事をしている部屋……。

ローゼは興味深く部屋の中を見渡した。

薄暗い部屋だ。いくつか大きな窓があるがカーテンは閉めきられていて、明かりを取り込んでいるのは天井近くにある小窓だけ。そこから差し込む一筋の光に、埃がちらちらと舞って見える。

その日差しの下には作業台と思わしき長机が置かれており、他に家具らしきものは見当たらない。

壁にはびっしりと本棚が並び、そこから溢《あふ》れ出した分厚い本が床に乱雑に積み上げられている。

レオは作業台の上に籠を置くと、中身を一つ一つ丁寧に取り出していった。

「これは……？」

ローゼも作業台に近づいて覗き込んだ。

そこに並ぶのは普通の杖や時計、ペンや装飾具といった、まるで用途に統一性のなさそうな道具だ。

「これらは全て魔道具なんだ。ぼくはこういったものの鑑定や、簡単な修理を請け負っている」

「魔道具……」

ローゼは思わず体を強ばらせた。

「魔術師でない者が魔術を使うための道具だ。魔石と違って、用途が限定されているのが特徴かな」

「……初めて見ました」

まさかここで魔術に関する単語を聞くとは思わず息が詰まったが、なんとかそう声を絞り出した。

「珍しいものだからね。大貴族といえど、縁がなければ見ることはないと思うよ」

レオは魔道具の杖を手に取り、しげしげと見つめた。

「魔道具を使うのは術士だけだから。彼らも本当は、魔石をまるまる一個使って魔術を使いたいんだろうけど、なんといっても魔石は貴重で、とても高価だ。だから一つの魔石を砕いて欠片《かけら》にしたり、粉にしたりして、用途を制限した魔道具として使うんだ。たとえばこの杖は火を噴くし、こっちの時計にはいざという時の守護の魔術がかかっている」

背に冷や汗が浮かんだ。

確かに、妹はローゼの結婚相手のことを『魔術師の子孫』だと言っていた。

だけど魔術師だなんて身近にいる存在でもないし、お伽話《とぎばなし》では決まって悪役だから、ローゼを怖がらせるために適当なことを言っているのだと思っていた。

まさか本当に魔術に関する仕事をしているなんて――彼の仕事は、自分が嫁いできた理由にも関係があるのだろうか。脳裏に義母や術士の顔が浮かび、ぞっと血が凍る気がした。

けれど、とてもそれを訊ねる勇気はない。

――余計なことを言ってはいけない。

それは、自分がここにいるための条件でもある。

ローゼは大きく息を呑んでから、できるだけ当たり障りのない質問を投げかけた。

「……鑑定とは、どんなことをするんですか?」

「魔道具に組み込まれた魔石の力がまだ生きているか、魔力の残量はどれぐらいかを調べるんだ。魔力を感じ取れるのは魔術師と魔術師の血族だけだし、術士の多くは魔力を持たない普通の人だから」

話しながら、レオがすっとこちらへ視線を向けた。

澄んだ青色の瞳がまっすぐにローゼを捉える。

動揺を悟られてしまっただろうか。一瞬ひやりとしたが、レオがすぐに微笑んでくれたので、ローゼはほっと胸を撫で下ろした。

「……ロスティールド家は魔術師の血族なんだ。そしてこの辺りでは、山向こうの町まで含めてうちしか魔術師の血族がいない。だからこうやって術士たちが鑑定を依頼してくる。割と良い実入りになるんだよ」

優しい口調で話すレオに変わりはない。

ローゼの焦りや恐怖にも気づいていないようだ。

——気をつけなくては。

魔術に精通しているのなら、どんなことから自分が〝魔石の胎〟だと知られるか分からない。

彼がローゼの秘密を知ったからといって、義母たちと同じことをするとは思えない。

レオは優しい人だ。この人に、あんな悪辣《あくらつ》なことができるはずがない。

頭ではそう思っているのに、秘密を知られることを本能が拒否するのだ。

——私の血には、人を狂わせる力がある。

その証拠に、ローゼを愛していたはずの父でさえ変わってしまった。

豹変し、自分に鞭を振るうようになった父の表情がレオに重なり、ローゼはぎゅっと目を閉じた。

——だけど。

必死に脳内の想像を打ち消しながら、魔道具の一つに手を触れる。

ローゼもまた魔術師の血族だ。

十二歳の時に術士が告げるまで知らずに生きてきたので、魔術のことを何か知っているわけではないが。

――この仕事なら、私でも……役に立てるかもしれない。

魔術師の血族であるローゼなら、レオと同じように魔力を感じ取れるはずだ。

何か彼の仕事を手伝えるのではないだろうか。

役に立てば、レオに必要としてもらえるかもしれない。

浮かんだ考えは甘美な誘惑のようで、どうしても抗《あらが》うことができなかった。

「……私も、魔術師の血族です」

気がつけばローゼはそう口にしていた。

レオが、驚いた表情でこちらを見つめる。

――大丈夫。

ローゼはそう自分に言い聞かせた。

このぐらいのことなら、話したって〝魔石の胎〟だとは気づかれないはず。

レオだってさっき、自分が魔術師の血族だと言っていたぐらいなのだから。

「だから……魔力を感じ取れると思います。そうしたら……仕事を手伝えますか？」

視線を床に落とし、声を震わせながら訊ねる。

レオはすぐに返事をしなかった。

そっと窺うとレオは考えるように顎を撫で、ローゼを見て何かを聞きたそうにしている。

——どうか、何も聞かないで。

祈るような気持ちでいると、レオはゆっくりと頷いた。

「……うん、助かるよ」

レオはそっとローゼの手を取って自分の隣に引き寄せた。安心させるように片手でローゼの肩を抱き、反対の手で魔道具の杖を持って頭上にかざす。

「ほら、見て」

顔を上げると、小窓から差し込む光に照らされて、杖の周りがきらきらと虹色のように光って見えた。

「この光っているのが、魔石の粉だ。まずはこれが見えるものと、見えないものを仕分けしていって欲しい」

「これって……」

その光には見覚えがある。

確かめるように左手を光に照らすと、指輪の周りを同じ虹色の光が包んでいた。

「そう、その指輪も魔道具だ。普通の人には、ただの古い指輪にしか見えないけどね。まあ……家では唯一財産と呼べるものかな」

「そんな貴重なもの……」

ローゼは思わず目を瞬かせた。

レオの曾祖母の代から受け継がれているものというだけでも、本当に自分が持っていていいのか不安だったのだ。それがさらに魔道具という価値の高いものだと聞き、ますます恐縮してしまう。

だがレオはローゼの肩をぐっと引き寄せると、優しく頷いた。

「そう。貴重で、大切なものだから、君に持っていて欲しいんだ。ローゼ」

ローゼは泣きそうになって俯いた。

ああ、まただ。

また胸が苦しい。

きゅっと胸が締めつけられて、たまらなく温かい気持ちになる。

「その指輪にも、守護の魔術がかけられている。何かあった時には、きっと君を守ってくれるはずだ」


それから一時間ほどレオの仕事を手伝った後、ローゼは浮ついた気持ちで自分の部屋へと戻った。

心が充実感で満たされていて、足下もふわふわとしている。

作業は魔道具を日にかざすだけの繰り返しだったけれど、少しでもレオの役に立てたことは、ローゼにとって大きな喜びだった。

――勇気を出して良かった。

レオが魔術に関する仕事をしていると知った時は動揺したし、恐怖も覚えたけれど、今は彼の役に立てた嬉しさの方がずっと上回っていた。

仕事の後には、レオは『助かったよ』『また手伝って欲しい』と声をかけてくれた。

ローゼは薬指の指輪を目の前にかざして見つめると、反対の手でぎゅっと握りしめて胸に引き寄せた。

――レオ……。

その名前を心の中で呼ぶだけで、じんと全身が痺れて熱くなる。

胸が激しく高鳴っている。彼に抱き寄せられた肩が燃えるように熱かった。

もう自覚せざるを得ない。

自分はレオが好きだ。はっきりと彼に恋をしている。

心なんてとっくに凍りついて、バラバラに砕けてなくなったと思っていたのに、まだこの胸の中に残っていたと知ってしまった。

――もっと、彼の側にいたい。

そんな自分勝手な願いが、今日は少しだけ許された気がして心が浮かれていた。

窓に近づき、日差しに指輪をかざす。

煌めく虹色の光は、魔術の光。レオが自分にくれた大切なもの。彼の妻である証《あかし》だ。

ローゼはうっとりと指輪を見つめ――そして、窓に反射して映る自分の姿に気づいて体を強ばらせた。

はっと化粧台を振り返ると、よりくっきりと自分の姿が目に入ってくる。

艶のない白髪。濁って灰色になった瞳。張りのない肌に、刻まれたたくさんの皺。

「……あ」

どうして、たとえ一瞬でも、今の自分の姿を忘れていられたのだろう。

ここに来た時より多少皺が減ったとはいえ、ローゼは老女にしか見えない。

隣に並んでも、誰の目にも彼の祖母のようにしか映らないだろう。

彼の妻になど決して見えないのだ。

「ああっ……」

ローゼは怯えたように後ずさり、壁に背中をぶつけてその場に崩れ落ちた。

両目から、ぽろぽろと涙がこぼれ落ちてくる。

本当に、自分は救いようのない馬鹿だ。優しくされて何を浮かれていたのか。

レオは優しい。きっと誰にだって優しい。だから可哀想な自分に手を差し伸べてくれる。一緒にいてくれる。ただそれだけのことだ。

けれど、こんな姿になった自分を女性として愛することは絶対にない。

だから彼の優しさに感謝はしても、恋だけは決してしてはいけなかったのだ。

「う、ぁ、ああっ……」

息が苦しい。胸が張り裂けて、体が真っ二つになってしまいそうだ。

体の痛みには慣れたはずだけど、この心の痛みはどうすればやり過ごすことができるのだろう。

分からない。分からなくて、ローゼは両手で顔を覆った。

神さまは、どこまで自分に残酷なのだろう。

どうせなら、こんな苦しみは知らないまま死んでしまいたかった。

ローゼは縋りつくように、指輪を右手で握りしめた。涙は止めどなく溢れてくるけれど、大きな声を出してはいけない。レオに聞かれたら、きっと心配をかけてしまう。レオには、いつでも笑顔でいてもらいたい。あの太陽のような笑顔でいて欲しい。

ローゼはしゃくり上げながら喉をそらし、顔を上げた。

そして、どうか――と願う。

それでもどうか、少しでも長く、彼の側にいたいと。

2章　精霊の魂

カカラタ村の長い夏が終わり、頬を撫でる風や、耳をくすぐる虫の音色に秋の気配を感じ始めた頃、屋敷にマデリック伯爵家の使わす医師がやってきた。

医師はローゼのことを何も知らない様子で、脈を診た他は簡単な問診をしただけだったが、レオ以外の他人に体を触れられるのは心労の大きいことだった。

医師が帰った後も、ローゼはしばらく客室の椅子から動くことができず、額に手を当てて項垂《うなだ》れていた。

――どうして、あの人たちは私に医師なんて……。

ローゼが体調を崩している理由を誰より知っているのは義母と術士だ。医師の診察や治療でどうなるものではないということも。

そもそも彼女たちが自分の体調を気遣うはずがなく、何かしら意図があってのことに違いない。だがその意図が分からず、胸には不安と恐怖が行き来していた。

レオと結婚してから、ちょうど三ヶ月が経つ。

その間、義母や術士が干渉してくることは一度もなかったのだ。

もしかしたら、このまま自分が死ぬまで放っておいてくれるのかもしれない。

そんな甘い希望を抱きかけていたところに医師を派遣され、現実を突きつけられた衝撃は大きい。

「大丈夫かい？　ローゼ」

医師を見送りに出ていたレオが、客室に戻ってきてそう言った。

そして青ざめた顔で頷くローゼを見て、心配そうに隣に腰かける。

「医師の診察がローゼにとって負担なら、やめてもらうようにマデリック伯爵家に頼んでみようか？」

そっと肩を引き寄せられ、レオの優しい体温を感じて視界が潤んでしまう。

ローゼは大声で泣き出したくなるのを堪《こら》えて、声を振り絞った。

「いいえ……お義母《かあ》さまたちの言う通りにしてください。そうでないと、きっと……」

あっという間に自分を連れ戻しに来る。

最後までそう言葉にできなかったのは、想像するだけで恐怖に喉が詰まってしまったからだ。

体が震え、指先が氷に触れたように冷たくなる。

レオはなだめるようにその肩をさすり、指先を包み込むように握った。

「……ローゼ、少し庭を歩かないか？」

しばらくしてローゼの顔色が戻ってくると、レオが気遣うような口調で言った。

気分転換に誘ってくれたのが分かったので、ローゼもすぐに頷いた。

薄手のショールを肩にかけ、レオに手を引かれながら庭に出る。

少し進むと、木々の向こうに白い屋根の小さな四阿《あずまや》が見えた。その向こうはなだらかな崖になっていて、眺望が素晴らしい。

庭の端にあるので少々歩くが、ローゼが動けるようになってからは、時々こうして二人で景色を眺めに来ていた。

「座って」

促されて先にベンチに座ると、レオもすぐ隣に腰かける。

自然と肩が触れ合って、ローゼは思わず俯いた。顔が赤くなっているような気がしたからだ。

いまだにレオが近くにいるだけで、ローゼの心臓は弾けそうになる。

そっと両手で頬を覆うと、レオが明るい口調で言った。

「良い天気だね、遠くまでよく見える」

視線を前へ向けると、眼下には青空を映す美しい湖が見える。その向こうには深い森があって、さらに奥の山並みまで延々と続いていた。湖畔の手前にはカカラタ村の丸い屋根も並んでいる。

「……綺麗です」

そう言うと、レオが嬉しそうに目を細める。

ローゼはぎゅうと心を引き絞られるのを感じ、胸の中で彼の名前を呼んだ。

――レオ。

どんな時も、ずっと自分に寄り添い続けてくれる優しい人。

このような容姿で、体もまともに動かないローゼを疎ましがることなく、むしろ楽しそうに笑って側にいてくれる。

レオへの恋心を自覚した日から、想いはただ強くなるばかりだ。

自分は彼に相応《ふさわ》しくないと分かっているのに、どうしても膨らむ気持ちを抑えることができない。

あと少しだけ。少しの時間だけだからと自分に言い訳をしながら、彼の隣で過ごす甘やかな幸せを享受している。

ローゼは先ほどの医師の診察を思い出して眉を寄せた。

義母や術士が何を企《たくら》んで自分をここへ寄越したのか、いまだ理由は分からないままだ。

今の幸福は本当に、この命が尽きるまで続くのだろうか。

自分のせいで、レオに厄災がもたらされることはないのだろうか。

『お前の感情の落差が、良い魔石を生むのよ』

耳の奥で義母の声が蘇ったその時、ふと、ぴぴぴと鳥の鳴く声がした。酷く弱々しい鳴き声で、木の上ではなく、低い位置から聞こえるようだ。

「あ……」

頭の中で不意に記憶の糸が弾ける感覚がしてベンチから立ち上がった。

「ローゼ？」

青ざめた顔で周囲を見渡すローゼの手を、レオが何事かという表情で握った。

「……鳥の鳴き声が」

「鳥？」

レオはそこで初めて、ローゼが鳥の鳴き声に反応したと気づいたようだった。

軽く耳を澄ませてから「確かに鳴き声がするな」と頷く。

それから心配そうにローゼを見つめ、ベンチから立ち上がって声の出所を探して歩き始めた。

「ああ、この子だな。可哀想に、巣から落ちたんだろう」

レオが足を止め、その場に膝をついて地面を覗き込む。

ローゼはゆっくりと彼に歩み寄った。

足で枯れ葉を踏む音が異様に大きく聞こえる。

恐る恐るレオの背後から覗き込むと、木の根元で一羽の小鳥が羽を折り畳んでいるのが見えた。

巣から落ちた時に傷つけたのだろう、羽からは赤い血が流れている。

「あ……」

その瞬間、どっと全身に冷や汗が吹き出した。

『ああ、可哀想。お前が〝ちゃんと悲しまないから〟この鳥はこんなに惨《むご》い殺され方をするのよ』

義母の声が脳裏に蘇って、ローゼはひっとか細い悲鳴を上げた。

『ほら、もっと悲しんであげなさい、冷たい子ね』
地下室に響く、義母の残酷な声。
いたぶられ、羽をむしられ、翼を折られて、断末魔の叫びを上げる小鳥。
泣き叫ぶ自分の声と、鞭の音。義母や術士の甲高い笑い声。
『お前のせいよ』
『お前のせいだ』
繰り返し脳内で響く幻聴に、ローゼは両手で耳を塞いで後ずさった。
――いや、やめて……お願い。
息が止まるような恐怖に、全身が震える。
「ごめんなさい、私の……私のせいで……！」
取り乱して悲鳴を上げ、膝から崩れ落ちるローゼの腰を、レオが支えた。
「ローゼ！」
名前を呼ばれて顔を上げると、レオの背後に義母の幻覚が見えた。
不気味なほど白い手で、レオの首を締めようとしている。
『お前のせいよ』
耳の奥で響く言葉に、ローゼはとうとう涙を流して悲鳴を上げた。
「私のせいで死んでしまう……！」

レオの胸に両手でしがみついて叫ぶ。

足下が崩れ落ちて、底のない谷へと落ちていくようだった。それがローゼ一人ならまだいい。レオを巻き添えにしてしまうことが恐ろしくてたまらなかった。

取り乱すローゼに、レオの大きく息を呑む音が聞こえた。

自分を抱きしめる腕に力がこもる。

「……大丈夫だ、手当てしてあげればきっと助かるよ」

レオはそう言うと、すぐに小鳥を抱えて屋敷に戻った。

手際よく小鳥の羽に包帯を巻き、手当てをしていく。

その様子を隣で見ているうちに、ローゼは少しずつ、今自分がどこにいるのかを正確に思い出すことができた。

「ごめんなさい、私……」

小鳥が感謝を告げるように「ぴぴぴ」と鳴いたところで、我に返って両手で顔を覆う。

「言わなくていいよ、ローゼ」

ローゼの腰を引き寄せ、髪を撫でながらレオが声を震わせる。

「言いたくないなら、何も言わなくていいんだ、ローゼ」

優しい口調だった。

けれどその声には、ローゼを追い詰めた〝何か〟への怒りをはっきりと感じた。

――きっと、理由を聞きたいはずなのに。

それでも彼は、ローゼが自分から話すのを待ってくれている。

ローゼは、レオの胸にしがみついて嗚咽を上げた。

――私も、レオに聞いて欲しい。

自分が何者で、どのような目に遭ってきたのかを、全てレオに話してしまいたい。

けれど〝魔石の胎〟のことを知った人間を、義母たちは決して生かしてはおかないだろう。

レオをこれ以上巻き込まないためにも、ローゼは何も話してはいけないのだ。

それに、何も話さずにいれば、自分は死ぬまでここにいられる。

――本当に？

不意に、脳裏を疑問が掠めた。

あの義母たちは、本当にこのままローゼを放っておいてくれるような人間だろうか。

秘密を話さずにいたからといってレオに危害を加えないと、自分は本当にそう信じているのか。

でも、それならば――いったいどうするのが正解だというのか。

ローゼは顔をくしゃくしゃにして泣きわめいた。

自分でも、もうどうすればいいのか分からなかった。

その日から、ローゼはまた熱を出して寝込んだ。

最近はちょっと疲れたぐらいでは倒れなかったのに、医師の診察や小鳥の一件で、精神が擦り減ってしまったのだろう。

またレオに迷惑をかけてしまう。ローゼは自分がふがいなくて目尻から涙をこぼした。

「ごめんなさい」

「謝らなくていいって、何度も言っただろう」

クッションに埋もれて横になるローゼの白髪を撫でながら、レオが目を細める。

優しさを湛《たた》えた青い瞳は、どこまでも澄み渡っていて美しい。

——言わなくちゃ。

レオの首に手をかける、恐ろしい義母の幻影が脳裏に蘇る。

ローゼはぎゅっと手を握ると、唇を震わせた。

「レオ、私は……ここにいない方がいいと思います」

自分がここにいることで、レオに迷惑をかけるどころか、危険な目に遭わせてしまうかもしれない。それが、何より恐ろしかった。

「どうして?」

「私は……こんな体だし、レオに迷惑ばかりかけて……」

義母たちが危害を加えに来るかも――とまでは言葉にできなかった。

それを言えば秘密を打ち明けることになる。今過去に触れて、正気を保っていられる自信がローゼにはなかった。

「この熱が下がって動けるようになったら、私は、ここを……」

「馬鹿なことを考えないで欲しい」

目を眇《すが》めてレオがそう言った。

「迷惑なんて、一つもかかっていない。ローゼと一緒に過ごせる毎日が、ぼくにはとても楽しくて、幸せなんだ」

それを聞いて、ぽつりとまた涙が落ちる。

濡れた頬を指で拭いながら、レオはローゼの顔を覗き込んだ。

「ローゼはいつだってぼくを助けてくれる。自分にできることを精一杯しようとしてくれているじゃないか。毎日、君にどれほど助けられているか……」

いつも思う。レオの言葉は、まるで魔法のようだと。

思い詰めて、不安や恐怖でぐちゃぐちゃになっていた心が、落ち着きを取り戻していく。

――そうだ……私がここを去っても、レオの身の安全が保障されるわけじゃない。

この結婚にどういう意図があるのかは分からないけれど、それを果たさずに自分がここから消えれば、義母たちはきっとレオを疑うだろう。〝魔石の胎〟のことを知ったのではないか、どこかに隠そうとしているのではないかと。

逃げずに義母たちのところへ帰ろうにも、理由を告げずにレオが納得するとは思えないし、今のローゼが一人で無事にマデリック家にたどり着くなど不可能だ。そもそもローゼが本当に〝魔石の胎〟のことをレオに喋らなかったと、彼女らは信じるだろうか。

自分に関わった時点で、レオはすでに危険に巻き込まれている。

ならば秘密を打ち明け、義母たちが何かを仕掛けてきた時に対処できるようにするべきだ。

だがそれすらローゼには簡単ではない。過去に触れると、小鳥の時のようにあっさり正気を失ってしまうからだ。

「……ごめんなさい」

考えれば考えるほどどうしていいか分からなくなって、ローゼはもう一度そう言った。

ひくっと喉が震えて、ぽろぽろと涙がこぼれて落ちる。

そんなローゼを、レオがそっと抱きしめた。

優しいレオの温もりを感じながら、思う。

やはりローゼは、彼の側にいたい。できるなら、最期まで。

熱に浮かされているところに泣いたせいか、ほどなく頭が重たくなって目を閉じた。瞼が鉛のようで、もう開けそうにない。

否応《いやおう》なしに眠りへと引き込まれる最中、レオの声が耳に届いた。

「ローゼのいない生活なんて……ぼくはもう考えられないよ」

ローゼは目を開こうとしたけれど、すでに意識は深いところへ落ちていて叶わなかった。

◇◇◇

ローゼが嫁いできてから、半年。

カカラタ村には冬が訪れていた。

「あの……」

昼食の準備をしていたレオは、遠慮がちな声に人参《にんじん》を剝く手を止めた。

振り返るとローゼがキッチンの入り口に立ち、困った表情でこちらを覗き込んでいる。

確か、彼女には玄関ホールの掃き掃除をお願いしていたはずだが。

「ローゼ、どうかした？」

「実は……掃除をしていたら、客室のドアノブが取れてしまって」

手に持っていたドアノブを顔の前まで持ち上げて答える。

長年の使用で部分的に色が変わった金具を見て、レオはしみじみと頷いた。

「そうか……取れちゃったかあ……」

「ごめんなさい」

しょんぼりと謝るローゼに、レオは慌てて首を横に振った。

「いやいや、元から外れかかっていたんだ。直せるかちょっと見てみよう」

人参をキッチン台に置き、ローゼの手を引いて客室へと向かう。

件《くだん》の扉は、部品を失ってシュッとした面構えになっていた。

その場に膝をつき、壊れた部位を覗き込む。

「中の部品が折れてるな……」

だが部品さえ調達すれば修理は自分でできる。出費はそうかさまないだろう。

――ただ、この冬支度で結構お金を使ったからなあ。

借金がなくなったとはいえ、ローゼもいるのだし、これからの生活を考えると貯金だってしたい。

どうせ客なんてめったに来ないのだから、客室のドアはしばらくこのままでいいんじゃないか。

そんなケチくさいことを悶々《もんもん》と考えていると、視界の端にローゼの真剣な横顔が映った。

彼女はノブが外れた場所を、深刻そうな表情で熱心に見つめている。

――可愛《かわい》いなあ……。

ローゼは、何にでも一生懸命だ。

ドアノブの修繕も、野菜の収穫も、ローゼは真剣に取り組む。

その姿がレオはとても好きだった。

皺があって老いて見えようとも、彼女はレオにとって誰よりも美しい人だ。

――でも、その皺もだいぶ減ってきた。

ローゼはだいぶ元気になったと思う。

今ならサンスよりは若く見えるだろう。

――このまま、何も起きなければいいけれど、そうはいかないだろうな。

思い出すのは、定期的にやってくるマデリック伯爵家の医師のことだ。

初めて訪問のあった日から、医師は半月ごとにローゼを診に来ている。おそらく、彼女に妊娠の兆候がないか確かめるためだ。

医師からの報告が芳しくないことに、そろそろ伯爵家が痺れを切らしてきてもおかしくない。

レオも医師から伯爵家のことを聞き出そうとしたが、どうやら大金で雇われているようで、余計なことは一つも喋ろうとしなかった。

レオは片手で口を覆ってため息を堪えた。

ローゼの体は順調に回復してきているが、心の傷はいまだ深いままだ。

夜はまだベッドで眠れないし、睡眠中はいつもうなされている。

その間、ただ手を繋いでいるしかできない自分のなんと無力なことか。

――マデリック伯爵家は、いったい彼女に何をしたんだ。

以前、ローゼが怪我をした小鳥を見つけた時の取り乱し方は、とても尋常ではなかった。

あれもきっと、過去に何かがあってのことに違いない。

その何かはレオには想像もつかないが、彼女が心身を壊している理由と関係があるはず。いったい誰が、ローゼのような優しい女性をここまで追い詰めたというのか。

頭にはすぐ、術士の姿が浮かんだ。

しかしローゼは名のある伯爵家の娘だ。術士一人にできることは限られている。マデリック伯爵家自体が彼女に危害を加えていたと考えた方がいい。

レオは煮えたぎるような怒りを覚えて、ぐっと拳を握った。

――ローゼ、ぼくは……君を助けたいんだ。

最初はただ〝夫だから妻を助けるのだ〟とそれだけだった。

当然のことだからと思っていただけだ。

だがそれは、彼女と共に過ごすうちに変化していった。

季節が変わるように、当たり前に。

レオは、ローゼほど優しい人間を見たことがない。

ここに来た時、ローゼは身も心も今以上に傷ついていた。それなのに、回復し始めた彼女が一番初めに考えたのはレオを手伝うことだった。思いやりに溢れた人なのだ。その優しさに、けなげさに触れる度、レオの心は彼女に惹《ひ》かれていった。

確かに見た目は老いて見える。

だがそんなことで、ローゼ自身の魅力は何も損なわれない。

レオはローゼが好きだ。愛《いと》おしいと感じる。

だから微笑んで欲しいし、元気になって欲しい。

――そのためにも、そろそろ魔力についての話を聞かなくては。

彼女が魔力を失ったことで、今の容貌になっていることは明らかだ。

それにマデリック伯爵家が関わっていることも。過去の核心に迫ろうとするとローゼが明らかに取り乱すので、これまでその話は極力避けてきたが、伯爵家と戦うのなら情報は必要だ。

彼女も自分の容姿が明らかに〝若返って〟きていることに疑問を感じているはずで、どちらにせよ、魔力の話を避けるのもこの辺りが限界だろう。

近いうちに、しっかりと話し合わなければ。

そんなことを黙々と考えていたレオは、ふとローゼの指先が赤くなっていることに気づいた。

軽く玄関ホールを掃くだけでいいと言ったのに、客室のドアノブまでしっかり拭いてくれたのだろう。レオはそっとローゼの手を取ると、指先にはあと息を吹きかけた。

「レ、レオ……」

ローゼが驚いて目を丸くする。まだまだ表情も乏しいし、口数も少ないけれど、こうして照れた時にはとても可愛い反応をしてくれる。

「……指先が冷えている。まだ体を冷やして欲しくないと言ってるだろう」

「でも、少しだけで……」

「少しでも嫌だ。体を大事にして欲しい」

真剣に訴えると、ローゼは頬を赤く染めて頷いた。

レオは衝動的に彼女の体を抱きしめたくなったが、その前にローゼが手に持ったドアノブが目に入った。情けなさを感じ、力なく項垂れる。

「……全くこの家はどこもかしこもガタがきていて申し訳ない」

元々古くなっていた屋敷を借金のせいで長年放置していたので、あちこち不具合があって、修繕をしていくにも時間がかかる。

「いえ。レオが大事にしているのが……分かりますから」

ローゼが、色褪せたドアノブを大切そうに胸に抱える。

「私も、この屋敷が好きです。とても……温かくて……」

声は小さいけれど、なんとか想いを伝えようと一生懸命に話す様子はとてもけなげだ。

表情からも心から思ってくれているのが伝わってきて、レオは鼻の奥がツンと痛くなるのを感じた。

「うん……大事なんだ」

六歳で両親を亡くしたレオにとって、この屋敷だけが心のよすがだった。

屋敷に住み、守っている限り、レオは家族との思い出を忘れずにいられる気がした。

だからこそ家族を亡くした時に〝二つの未来〟を提示され、この場所に留《とど》まることを選んだ。

両親の残した屋敷を守ることが、ここで過ごした家族との思い出を大切にすることが、これまでのレオにとって全てだったと言っていい。

そんな感傷にローゼが寄り添ってくれたことが、レオはただ嬉しかった。

——だけど、きっと決断しなければならない時がくる。

ローゼを守るために、屋敷は手放すことになるだろう。

レオはそう予感していた。

彼女のためなら、自分はきっとそうするはずだと。

——守るためにはまず、ローゼのことをもっと知らなくては……。

結局思考はそこに戻り、レオは話をするべき時は今だと感じて彼女に向き直った。

「ローゼ……」

「レオさま！　レオさま！　いらっしゃいませんか、サンスでございます！」

だが意を決して発したレオの言葉は、玄関扉を叩くけたたましい音と、サンスの声によって遮られた。

「サンス？」

レオは思わず眉を寄せた。

——まだ来ていいと言ってないのに……。

ローゼとの結婚以降、サンスにはこちらから連絡するまで来ないで欲しいと伝えてある。

いずれ互いを紹介しなくてはと思っていたが、それはもっと先のつもりだった。

ローゼは、レオ以外の他人と会うことをまだ極度に恐れている。

「前に話した、うちの元執事のサンスだ」

ちらとローゼを見て説明する。

サンスのことは何度か話したことがあるので、これで分かるはずだ。

「大丈夫。ぼくが話すから、ローゼは部屋に戻っていていいよ」

頭を撫でて言うと、ローゼは灰色の瞳を左右に泳がせた。そのまま少しの間迷うようにしていたが、やがて肩を落として小さく頷き、自分の部屋へ戻っていく。

ローゼの落ち込んだような表情が気にならないわけではなかったが――あまりにサンスの声がうるさいので、レオはとりあえず玄関の扉を開いた。

「来るなと言ったのに……」

サンスの顔を見るなりムッとして言い放つ。

「来るなと言ってから、もう半年ではありませんか！」

すると彼は憤慨した様子でそう怒鳴り返してきた。

「いや、だからそれはローゼが……」

「私はもう……レオさまが酷い詐欺に遭っているのではないかと心配で心配で……。今日だってこの屋敷に競売の看板がかかっていたらどうしようかと思いながら来たのです！」

ドアノブがあちこち外れる家でも買い手はつくだろうか。

ついついそんなことを考えながら、レオは頭をかいた。確かに、サンスにかなり心配をかけたことは間違いないようだ。もう少しこまめに連絡をすべきだったのだろう。

「悪かったよ。だけど詐欺には遭ってないから安心してくれ。単純に、ローゼがもっと元気になってから紹介するつもりだったんだ……」

「ローゼ……奥方さまのことですな。やはり、体調がよろしくないのですか？」

レオの謝罪にサンスも冷静さを取り戻したようで、心配そうに眉を寄せた。

そういえば、サンスへのローゼの体調の説明は、結婚前に「余命いくばくもない」と説明したところで終わっている。

「体調はだいぶ落ち着いているんだけど……」

「では、一言だけでもご挨拶できませんか？」

「いや、今日は……」

ローゼの魔力のことも、気を病んでいることも軽々しく人に言うことではない。

さてどう説明して断ろうかと悩んでいると、サンスがレオの背後を見て「おや」と目を瞠った。

振り返れば、ホールの奥でローゼがぽつんと立っている。

——ローゼ？

どうしたのかとレオが口を開く前に、サンスが声を発した。

「そちらの方は、奥方さまの侍女ですかな?」

明るい声で訊ねるサンスに、ローゼが怯えたように体を震わせる。

レオは慌ててサンスの肩を摑んだ。

「サンス、違う。彼女がローゼだ」

「は?」

「彼女が、ぼくの妻のローゼだ」

説明をすると、サンスがぎょっと目を見開いた。

「いや……し、しかし……」

サンスが酷く狼狽《うろた》えた様子でローゼを凝視する。

レオには、それがなぜかすぐには分からなかった。

——ああ、そうか。

ローゼは、老いて見えるのだった。レオはもうずっとローゼの内面に惹かれていたから、自分たちの年齢が釣り合って見えないことを忘れていた。自分が気にしていないことを、他人も気にしないだろうと思うのはレオの悪い癖だ。

——しまったな。

もっと色々配慮をして説明すべきだった。現にローゼは、サンスの視線に耐えられないとばかりに青ざめて、視線を床に落としている。

レオは急いで説明を補足しようとしたが、それよりも先にローゼのか細い声がホールに響いた。

「……ローゼです、初めまして」

聞いている方が緊張してしまうほど、張り詰めた声だった。

――ローゼ……。

ローゼがすっとスカートの端を持ち上げて片足を引き、頭を下げる。文句のつけようもないほど優雅な動作だったが、ローゼはどうしてかそのまま頭を上げなかった。そして情けないことに、彼女の肩が震えだし、床にポタポタと涙の滴が落ちるまで、レオは彼女が泣いていることに気づけなかった。

「あの……ごめんなさい。私、ちゃんと、分かっています。レオの横にいるのに相応しくないこと、理解しています」

「ローゼ……?」

「でも、ここにいたいんです。お願いします……きっと、一年ぐらいで終わるはずです。だから……」

ローゼはそう言うと、とうとうこの場に耐えられなくなったとばかりに背中を向け、自分の部屋へと駆け戻っていった。

レオは――すぐに追いかけることができなかった。

あまりの衝撃で、まるでその場に縫いつけられたように動けない。

「申し訳ありません。私は取り返しのつかないほど失礼なことを……」

「いや、ぼくが悪いんだ」

謝るサンスに、レオは首を横に振った。そう、全部自分が悪い。

ローゼはもうずっと、自身の容姿を気にしている素振りを見せなかった。

レオも気にしていなかったから、気づけなかったのだ。

彼女がレオの隣にいることに引け目を感じていたと。

「サンス、ローゼはまだ十八歳だ。あのような容姿になっているのは……病気のせいだ」

「……はい」

「とても素晴らしい女性なんだ。ぼくには本当にもったいない……優しくて、強くて、可愛らしくて……」

レオは言葉を詰まらせた。喉が震えて上手く喋れない。

そこで初めて、レオは自分が泣いていることに気づいた。

――ぼくは馬鹿だ。

レオは、ローゼが消えた部屋の扉をじっと見つめた。本当に、自分はなんと愚かなのだろう。

彼女の過去や、魔力のことを聞くより、何より先にローゼに伝えるべき言葉が自分にはあったというのに。

レオはローゼを愛している。

彼女のためならどんなことでもするつもりでいる。

ならなぜ、その言葉をはっきりとローゼに伝えなかったのか。

考えてみると、自分の心の中にも、どこか彼女に対して引け目のようなものがあった気がする。

ローゼは本来、自分が結婚できるような相手ではない。

彼女はある程度の年まで大切に育てられていたはずで、それは彼女の立ち居振る舞いを見ていれば分かる。歩き方一つにも気品があるのだ。姿勢や、食事の取り方もとても綺麗だし、しっかりとした教養があることも会話の端々から感じる。きっと大貴族の令嬢として、しかるべき家に嫁いで幸せになるために育てられてきたのだ。

こんな、田舎の貧乏貴族に嫁いでくるような立場の女性では決してなかったはず。

彼女と結婚できたことはレオにとって幸運だが、きっと素直に喜んではいけないのだろう。

もしも彼女が元気になり、彼女の抱えている問題が片付いたら、自分は彼女を手放す選択をするべきではないか。

そんな風に考えることもあった。

本当に愚かだった。大切なことは、今ここにあるお互いの気持ちだったというのに。

レオはぐっと頬に伝う涙を拭うと、サンスに向き直って目を細めた。

「……ローゼを大切にしたいんだ。だからもう少し、ぼくたちに二人だけの時間をくれないか」

◇◇◇

逃げるように自室に戻ったローゼは、扉を閉めるなり床に崩れ落ちた。

――やってしまった……。

両手で顔を覆って深く項垂れる。

心にある負い目を、耐えきれずにレオの前でさらけ出してしまった。

自分がレオに相応しくないことぐらい分かっていたはずなのに、今さら侍女と間違われたぐらいで、心がくずおれてしまうなんて。

ローゼは自己嫌悪で消えてしまいたかった。

――部屋で大人しく、じっとしていればよかったのに……。

だけどサンスはレオの父親代わりだと聞いていたから、ローゼもせめて挨拶をしたいと思ってしまったのだ。一度は勇気が出ずに部屋に隠れたが、サンスの怒鳴り声を聞いているうちにいてもたってもいられなくなってしまった。

だが自分では覚悟をしてサンスの前に出たつもりでも、いざ『レオの妻に相応しくない』現実を突きつけられると、この身が二つに切り裂かれるように辛く、どうしても涙を堪えることができなかった。

「ローゼ」

落ち込んでいると、扉の向こう側からレオの声が聞こえた。

「さっきは本当にすまなかった。サンスも謝っていたよ」

ローゼは慌てて涙を拭った。

声が震えないように祈りながら、口を開く。

「いえ……あの、私の方こそ余計な……」

「謝らないでくれ。ローゼは何も悪くないんだから」

コン、と拳を扉に当てるような音がした。

鍵は閉めていないが、レオは決して勝手にこちらに踏み込んでこようとはしない。

レオはいつもそうだ。そういう人なのだ。

だからローゼは、彼の隣で心を取り戻していくことができた。悲しみも、喜びも彼が隣にいてくれたから思い出すことができた。彼だから、ローゼは恋を覚えたのだ。

「……いや、違うな。ぼくは嬉しかったんだ。ローゼがサンスに挨拶をしてくれようとしたこと。サンスはぼくの家族だと言ったから顔を見せようとしてくれたんだろう？　ありがとう」

心が張り詰めていたところにそんな言葉をかけられて、また目に涙が浮かんでくる。

震える声で「いえ」とだけ声を絞り出すと、扉の向こうでレオが微笑んだような気がした。

「ローゼ、今日の体調はどうだろう？」

急に訊ねられて、ローゼは「え？　あ……」と口ごもりながら「悪くありません」と返事をした。

「なら、少し話をしないか？　ローゼに、どうしても伝えたいことがあるんだ。君に聞いて欲しいことが」

それが何かを訊ねる前に、レオの声が扉越しに響いた。

「それと、一緒に見て欲しいものがある。今日の夜、精霊の魂を見に行こう」

二人で馬に跨《また》がり、月明かりを頼りにゆっくりと坂を下っていく。

『精霊の魂を見に行こう』

その誘いに、ローゼは戸惑いながらも頷いた。

〝精霊の魂〟とは何か興味を引かれたのもあるし、せっかくのレオの誘いを断りたくもなかった。

彼と過ごす時間は、たとえ一秒だって大切にしたい。

――あんなことがあった後で、普通に話せるか心配だったけど。

レオもそこは心得ているとばかりに普通に接してくれて、ローゼはそれがとてもありがたかった。

カカラタは山間の村だが、どういうわけだか冬の寒さはさほど厳しくない。

夜になって屋敷を出る前、レオはローゼに外套を二枚羽織らせ、顔が見えないほどマフラーをぐるぐる巻きにしようとした。そこまで厚着をすると逆に暑いし、着ぶくれして動きづらい。そう訴え、ほどほどの装備に整え直してようやく出発をしたのだった。

「寒くない？」

「……はい」

レオはローゼを胸に抱きしめるようにして馬を操っている。温かい体温を背中に感じながら、ローゼは彼に気づかれないようそっと瞳を揺らした。

――聞いて欲しい話とは何だろう。

心当たりといえば自分の過去のことだが、それなら話を『聞いて欲しい』とは言わないだろう。

もしかすると、結婚の経緯についてだろうか。

ローゼは落ち着かない気持ちで周囲を見渡した。

馬はカカラタ村へは入らず、山の方へと向かっている。正確には山の麓に広がる森の方へ。

庭から景色を見下ろした時、湖畔に広がっていたあの森だ。

ここへ来てから外出するのは初めてで緊張していたが、周囲に人気はない。

どうやら誰にも会わずに済みそうだ。

――それに、精霊の魂って……。

そのまま半刻《はんとき》ほど進んだところで森へと入った。

道が整備されているので、きっと村人たちの生活圏内なのだろう。木々の隙間から差し込む僅かな光を頼りに、レオは慣れた様子で森を進む。少しすると川が見え、レオは縁《へり》にまで馬を進ませた。

「あれは……」

「あれが、精霊の魂だよ」

暗い川面には、いくつもの小さな光が漂っていた。淡い赤や、青、黄や紫といった色合いを帯びた光が、蛍のようにゆっくりと動いて暗闇に細い線を描いている。

その光が夜の淵《ふち》を照らす様子は、空から差す銀色の月光と相まってとても幻想的だ。

レオは縁の近くで馬を止めた。彼の手を借りて馬を下りながら、ローゼは目を瞠った。

「精霊の魂……」

「自然が持つ魔力の塊を、魔術用語で精霊と呼ぶんだ。自然界の魔術の循環は一年周期で、精霊は冬に死んで春にまた生まれ変わると言われている。その死ぬ時にだけ輝く魔力の光を、ぼくたちは精霊の魂と呼んでいる」

レオの説明に頷きながら、ローゼはうっとりと目の前の光景に見とれた。本当に、なんて綺麗なのだろう。自分が生きている世界にこんな美しい場所があるとは夢にも思わなかった。

引き寄せられるように縁に近づいて手を伸ばすが、光は手のひらを通り抜けてそのまま宙をたゆたっていく。

「精霊の魂が集まってくる場所というのは決まっていて、ぼくの曾祖母がここを見つけた。曾祖母も、魔術師の血族だったからね。精霊の魂は魔力を持つ者にしか見えないし、この辺りにはずっとそういった人間がいなかったから、長い間誰にも知られずにいたんだ」

そうか。つまりこの景色が見えるのは魔術師か、魔術師の血族のみなのだ。

普通の人には、ここはただの暗い淵にしか見えない。

「連れてきてくださって、ありがとうございます」

魔力が見せる不思議な光景に胸をときめかせながら、ローゼはそう言った。

レオはきっと、ローゼを元気づけようとして連れてきてくれたのだろう。

感謝を込めて隣に視線を送る。

レオも景色に見とれているだろうと思ったけれど、光を見る青い瞳は想像よりずっと真剣だった。

「……それ以来、ロスティールド家の人間が一生の愛を誓う時には、必ずこの場所を使っている」

一生の愛――。

重みのある言葉にローゼはゆっくりと瞬きをした。

レオがこちらを向き、優しげに目を細める。

「ぼくの父もここで母に結婚を申し込んだらしいんだけど、母は魔力を持っていなかったからこの光が見えないし、冬の夜に突然何もない森の中に連れてこられて愛を語られ、とても困ったという話を聞いたことがある」

彼が冗談めかしてそう続けたので、ローゼも思わずくすっと笑ってしまった。

「ぼくは……結婚相手に魔力の有無を気にしたことはなかったけど、ローゼと今、同じ景色を共有できていることはとても嬉しい」

「……はい」

ローゼも同じ気持ちだった。この美しい光景をもし一人で知ってしまったら、きっとレオにも見せたくてたまらなくなったはず。

ローゼは、レオにもそう思ってもらえたことがとても嬉しかった。

これが一生分の幸せなのだと思えるほどに。

頬を染めて頷くと、レオはローゼの手を取って跪いた。

「ローゼ、ぼくは君が好きだ」

「レオ？」

触れられた手の感覚に胸をときめかせたところでそう言われ、ローゼは驚いて目を瞬かせた。

ローゼが我に返るよりも早く、レオが言葉を続ける。

「君の、何かに取り組んでいる時の一生懸命な横顔が好きだ。それをぼくが見ていることに気づいた時の、赤くなる頬や耳はとても可愛いと思う。あと、寒い時に少し赤くなる鼻もたまらなく可愛い。君の優しいところも好きだ。いつもぼくが何に苦労をしていて、困っているのかを考えて、手助けをしようとしてくれる。辛い思いをしてきたと思うのに、思いやりを失わずにいた強さと気高さを、心から尊敬している。ローゼ、ぼくは君が側にいてくれるだけで、これ以上なく幸福な気持ちになれるんだ」

レオはひと息に言うと、ローゼの手をぎゅっと握りしめた。

「君が好きだ。もちろん妻として、女性として愛している。君以外の女性に触れることは、ぼくにはもう考えられない」

ローゼは灰色の瞳を限界まで見開いた。

口もぽかんと開いて、とても間の抜けた顔をしている自覚がある。

彼の言葉はもちろん全て聞こえていたけれど、ローゼにとって都合が良すぎてすぐに信じることができない。

戸惑いのあまり声を出せずにいるローゼに、レオは真剣な眼差しで言葉を続けた。

「だから、もう二度とぼくの隣に相応しくないだなんて思わないで欲しい」

「だ……だけど、私はこんな見た目で……」

「見た目がなんだ。そんなことで君の魅力は一つだって消えてなくならない。それに……それを言うならぼくだって、お金がなくて君に苦労をかけてばかりだ」

「そんなことっ……！」

ローゼは慌てて否定をしようとしたが、最後まで言葉にならなかった。涙が溢れて、声が出てこなかったからだ。レオは立ち上がると、そんなローゼを優しく抱きしめた。

「それに、君の容姿は……これからまだ元に戻っていくはずだ」

「え……？」

「ローゼも、自分が元の姿を取り戻していっていることに気づいているだろう？」

もちろんそれは感じていたし、不思議に思っていた。血を採られなくなったからか、人らしい生活をするようになったからか。

そう見当をつけるぐらいはしていたが、どちらにせよ限りある体内の魔力を奪われたことに違いはないのだから、劇的な回復は望めないだろうと思い込んでいた。命の刻限に大きな変化もないだろうし、生きられてもせいぜいあと一年ほどのものではないかと。

「ローゼ、ぼくは何があっても君の味方だ。だからどうか、怖がらずに話を聞いて欲しい。……君が今のような状態になってしまったのは、魔力を奪われたことが原因だね？」

その瞬間、ローゼは全身に氷水をかけられたかのように凍りついた。レオに、自分が〝魔石の胎〟だと知られてしまったのだろうか。制御のできない恐怖に感情が支配され、脳裏にあの六年が蘇る。

一切の希望を絶たれた暗い地下室での――。

「ローゼ……！」

青ざめて倒れ込みそうになるローゼを、レオが強く抱きしめて名前を呼んだ。

「大丈夫、言いたくないことは何も言わなくていいんだ。ぼくもローゼがどうして魔力を失ったのかは知らない。君の状態を見て気づいただけだ。だからこれだけ聞いて欲しい。ローゼはこれからも元気になっていく。ぼくが魔力を分け与えているからだ」

「魔力を？」

耳元で囁かれた言葉に、ローゼは思わず息を呑んだ。

レオの胸にしがみつくようにしながら訊ねる。

「そんなことが……できるんですか？」

「誰にでもできるわけではないけど、幸いぼくにはできる。君にあげたその指輪の魔石を媒介にして、魔力を送っているんだ」

ローゼは弾かれたように左手を見つめた。

細い薬指で、今もローゼを守るように輝く銀色の指輪。

だから彼は、毎夜ローゼの左手を繋いで眠っていたのか。

「ごめん、もっと早く言うべきだった。ただ君は魔力を失っていることを知られたくない様子だったし、そもそも魔力にも相性があって、ぼくの魔力で君がどこまで回復できるのか分からなかったんだ。多少回復したと思っても、医師にも脈は弱いままだと言われて……期待を持たせるのが怖かった。ぼくの魔力である程度回復できそうだと目処《めど》がついたのも最近で……」

レオはそこまで言ってから、小さく首を横に振った。

「いや、全て言い訳だ。ぼくが判断を誤った、本当に申し訳ない。もっと早く安心させてあげるべきだった」

「レオは悪くありません」

自分の過去や、魔力に関する話を極端に避けていたのはローゼだ。これまでの自分の状態を思えば、レオが話を切り出すのに慎重になるのは当然だった。

そんなことより、もっと気にするべきことがある。

「でも……私はもう長く生きられないぐらいに魔力を失っています。そんな私を回復させようなんてしたら、今度はレオの命が……」

ローゼは余命数年というところまで魔力を失ってしまっている。そのローゼを回復させようとしたら、今度はレオの体がおかしくなってしまうのではないか。

「ぼくなら大丈夫だ。ぼくの魔力には限りがないから」

「……そんなことが、あるのですか？」

「ある。その理由は……ごめん。ある人との契約でどうしても言えないことになっている」

眉を下げるレオに、ローゼは首を横に振った。

これまでずっと何も喋らずにいたローゼが、彼にだけ全て話せなど言えるはずがない。

――でも、やっぱりレオも普通の魔術師の血族じゃないんだ。

レオの魔術への精通度合いから、薄々そのことは感じていた。ローゼが〝魔石の胎〟であるように、レオも何か魔術との深い関わりがあるのだろう。

「……言える日がきたら、真っ先に君に説明をすると約束する」

ローゼは頷いた。それで十分だ。ローゼは、彼がなんだって構わないのだから。

「でも……じゃあ私は……この先もっと生きられるということですか？」

「そうだね。ぼくたちの魔力の相性は悪くないようだし、容姿に関してはどの程度まで回復できるか約束はできないけど、魔力切れで死ぬことはないはずだ」

「私は……これからもレオの側にいていいのですか？」

期待とも不安とも言い表すことができない感情に心を震わせながら、ローゼはレオの胸に頭を押しつけた。

これまで余命わずかだと思っていたから、せめてそれまではと思ってレオの側にいられた。

けれど本当にこの先の人生が長いなら、自分はずっとレオの負担になり続けてしまうのではないだろうか。

「君を心から愛している。どうか……一生ぼくの側にいて欲しい」

いいのだろうか、頷いてしまっても。

ローゼの抱えている問題は大きい。容姿のことだけではない。マデリック家のこともあるし、もしそこが解決できても、また別の誰かが〝魔石の胎《ローゼ》〟の血を奪いに来るかもしれない。

けれど――きっとレオは、それでもいいと言ってくれるのだろう。

今のローゼには、自然とそう思えた。

「私も、一生あなたの側にいたい……」

ローゼは、そっと彼の背中に腕を回した。

「あなたを、愛しています」

そして心からの言葉を伝える。

視界の端に映るのは、美しい光を放つ精霊の魂。その淡い光に照らされながら、ローゼはそっと目を閉じた。今は、そうすることだけが正解だと思えた。

レオの唇がローゼの額に触れる。次は鼻先に、頬に、そして唇に。

柔らかな唇が重なり合い、一度離れる。ローゼがうっすら目を開くと、熱をたたえた青い瞳と視線が絡み合った。

——苦しい。

息が苦しい。胸が苦しい。だけど嫌ではない。永遠に感じていたいほどの、甘い苦しみだ。

熱に浮かされるローゼの額に、レオが自分の額をこつんと合わせる。そのまま何度か唇を触れ合わせた後、二人はより深い口づけを交わしたのだった。

その日、屋敷に戻ったローゼは初めてベッドで眠った。

レオの隣で。彼の胸に、優しく抱きしめられながら。


数日後、サンスが再び屋敷へとやってきた。

もう一度ちゃんと挨拶がしたいと、ローゼから頼んで機会を作ってもらったのだ。

玄関ホールで出迎え、きちんと片足を下げて礼をする。レオの〝家族〟に最大限の敬意を持って挨拶をすれば、サンスは顔を覆って泣き崩れてしまった。

その後、客室のソファに向かい合って座ると、サンスはあらたまって頭を下げた。

「先日は本当に失礼なことを……誠に申し訳ありませんでした」

「謝らないでください。当然のことです、私はその……このような見た目なので」

「見た目など……」

レオ以外の人とちゃんと会話をするのは、ここへ来てから初めてだ。

少し話すだけでも喉がカラカラになって、額に汗が浮かんでくる。

ちゃんと喋れているだろうか。レオの大切な人に、不快な思いをさせてはいないか。

膝の上に置いた両手をぎゅっと握りしめたところで、レオがハーブティーを三人分用意してきてくれた。ちなみに、ハーブは庭で育てているものを使った自家製だ。

サンスの前にソーサーとカップを置きながら、レオは自慢げに眉を上げた。

「素敵な人だろう。ぼくの奥さんだ」

誇らしげな声に、ローゼの胸が詰まる。

サンスもまた頷きながら指で目を拭った。

「ええ、本当に」

感極まった様子でそう言って、ローゼに向き直る。

「ローゼさまが良い方だと分かり、安心いたしました。結婚して家族を持つことは、レオさまが子供の頃からの夢でございましたから」

「夢……」

まだ緊張に強ばる声で繰り返す。

そういえば、レオもいつか同じことを言っていた。

この家で、新しい家族と過ごすのが夢だったと。

「ええ、そのためにレオさまは屋敷を守ってこられたのです。幼い頃にご両親を亡くされ、お一人で屋敷を守っていくことがどれほど大変だったか……」

「サンス」

自分の子供の頃の話をされて、レオが居心地悪そうに名前を呼ぶ。

サンスはそれに「良いではないですか」と笑うと、柔らかく瞳を細めた。

「レオさまは貴族であることにもこだわりがなく、何をなさっても器用な方でしたから、本当は爵位や屋敷を手放した方が楽に生きられたのです。それでもご両親との思い出が残る屋敷を残したいのだと言って、方々に頭を下げて回られたものです」

ローゼは前のめりになって相づちを打った。

レオの話を、彼以外の口から聞くのは初めてだ。

嬉しくなって目を輝かせるローゼに、レオは口元を緩め、それから仕方なさそうに肩を竦め隣に座った。

「子供の頃はサンスがずっと側にいてくれたし、難しい書類の手続きなんかもやってくれたから、ぼくはそんなに大変じゃなかったよ」

「ずっとというわけにはいかなかったではないですか……月のうち半分はレオさまを一人で屋敷に残していくことになって、申し訳ない気持ちでいたものです」

ローゼは、二人の思い出話に真剣な表情で聞き入った。

何でもレオの両親は、彼がまだ子供の頃に多額の借金を残して亡くなったという。

ロスティールド家の良い評判は知れ渡っていたから、近隣の領主の中にはレオを不憫に思い、残った資産を借金分の金額で買い取ってやろうという人もいたらしい。

だがそれをレオは断った。

両親との思い出が残るこの屋敷を、どうしても手放したくなかったから。

レオとサンスはその後、借金の返済期限の延長や、レオが成人するまでのお金を借りるため、近隣の領主や商家に頭を下げて回ったという。

サンスはさらに借金がかさむのを避けるため、自身の給金はもらわず、月のうち半分は余所《よそ》へ働きに出ていた。そのせいで幼いレオを一人にする時間があったことを、今も悔いているのだ。

――レオが家を大切にしている理由が分かった。

レオにとってこの屋敷は、両親と過ごしたかけがえのない時間そのものなのだ。

情の深い彼が屋敷を売らない選択をしたことは、ローゼにはとても自然なことに思えた。

――その……大切に守ってきた場所に、私はいるんだ。

喜びにじんと胸が震えるのと同時に、それが自分のような人間で本当に良かったのかと少し不安になる。けれどローゼはすぐに首を横に振った。

ローゼがそんなことを考えていると知ったら、レオはきっと悲しむだろう。

レオとサンスの昔話はさらに盛り上がって、互いに冗談も増えていく。

聞いているローゼの頬も思わず緩み、それに気づいたサンスが目を細めた。

「ずっと、レオさまの幸せを祈ってきました。この半年間、いったいどんな女性と結婚されたのかと気を揉《も》んでいたのです。ローゼさまのような優しい方で本当に良かった。これからもどうか、レオさまをよろしくお願いいたします」

頭を下げるサンスに、ローゼもまた慌ててお辞儀をした。

それからふと気づいて、喉に手を当てる。

最初は緊張してカラカラだった喉が、今はもう乾いていない。

全身に浮かんでいた汗もすっかりと引いている。

ローゼは、レオが用意してくれたハーブティーをひと口飲んで喉を潤した。話に夢中になっている間にすっかり飲み頃だ。爽やかな香りに、さらに肩から力が抜けるのが分かった。

今なら普通に喋れる。そんな気がして、ローゼはあらためてサンスに向き直った。

「あ……その……あ……私も」

ダメだ、やっぱり口ごもってしまう。

俯きかけたローゼの手を、そっとレオが握った。

温かい手のひらの温度に、焦らなくていいと言われた気がして、もう一度前を向く。

「あの……私も、レオと……結婚できて心から、幸せです。私の方こそ……これからもよろしく、お願いします」

一言ずつ、声を振り絞って言い終えると、どっと全身から力が抜けた。

長い息を吐くと同時に、安心してぽろぽろと涙がこぼれる。

レオがローゼの肩を抱き寄せて「ありがとう」と囁いた。

その様子を見たサンスが、気遣わしげに目を細めた。ローゼの様子から、ただ病気であること以上の苦しみがあったことを察したのだろう。彼はレオを見つめると、真剣な表情で口を開いた。

「私にお手伝いできることがあれば、何でも仰ってください」

レオが感謝を込めて頷く。ローゼも同じように頭を下げた。

サンスが自分を受け入れてくれたことが、心から嬉しく、ありがたかった。

サンスが帰った後、レオが「今日は良い日差しがあるから、仕事を片付けるよ」と言ったので、ローゼも一緒に手伝うことにした。

魔道具の鑑定には日の光が必要だし、冬場は曇りが多い地域だから、貴重な晴れを無駄にはできないのだ。

仕事部屋へ入ると、小窓から透き通った日の光がまっすぐに差し込んでいた。

ローゼは、レオの指示通りに魔道具を仕分け始めた。

とはいえ、ほとんどは魔力の残っていないガラクタである。

あと一度魔術を使えるだけの魔力が残っているかどうかの判定が、レオの主な仕事だからだ。

魔道具の一つを窓に照らし、煌めきがないことを確認しながら、ローゼはふと口を開いた。

「この仕事はいつから始めたのですか？」

早くに両親を亡くしたレオが苦労して生きてきたことを思い出し、気になって訊ねる
「うーん、確か十三歳だったかな……」

「そんな子供の頃から……」

「早く稼げるようになりたかったからね」

そう言ったところで、不意にレオが「あっ」と声を上げた。

「すまない、ローゼ。次の靴には手を触れないで」

言われて、ローゼは手を止めた。仕分ける前の道具の山に視線をやれば、確かにそこに古びた長

靴がある。

「その靴には空中浮遊の魔術が込められている。簡単に発動しそうだから、間違うとローゼが天井で頭を打ってしまう」

ローゼは緊張気味に頷いた。

魔道具のほとんどは決まった手順を踏まなければ作動しないけれど、ごく稀に触っただけで魔術が展開してしまうものがあるという。それらは基本危険がなく、そもそもここにある道具はほとんど魔力が残っていないのだが、ローゼが間違っても怪我をしないよう、レオは念には念を入れて、いつも最初に除《よ》けておいてくれる。ただ今回は漏れがあったようだ。

魔力がまだ残っている道具を詳しく鑑定していたレオが、手を止めてこちらに歩み寄り、長靴を手に取った。日にかざし、魔力が残っていないと確認してから、ローゼが間違って触らないように部屋の隅にある箱にしまう。

「……レオは、術士になろうとは思わなかったのですか？」

魔道具に関する知識がこれほどあるなら、自分で使った方がいいのではないかと思って訊ねる。

レオは顎をさすりながら「うーん」と唸《うな》った。

「ぼくは、術士が扱う魔術には興味がないんだ。それに魔道具も高価だから、術士になろうと思うとどこかの貴族や商家のお抱えにならないといけない。そうしたらこの屋敷にも住めないしね」

なるほど。屋敷に住めなくなるぐらいなら、レオは術士になることを選ばないだろう。レオの過去を聞いた今は、素直にそう感じた。

その後もローゼは魔道具を日にかざし、きらきらとした光が見えるかを真剣に見極めていく。

やがて最後の一つを仕分けし終えたところで、レオがすぐ近くでこちらを見つめているのに気づいた。

「レオ？」

「ごめん……ローゼが可愛くて」

さらりと言われて顔が赤くなる。

俯くと、腰を引き寄せられ、触れるだけのキスが唇に落ちた。

ローゼの腕がレオの背中へとまっすぐに伸び、左手の指輪が日差しに彩りを帯びて煌めく。

甘い時間に溺れそうになりながらも、ローゼの胸はざわめいていた。

――レオに、言わなくちゃ。

幸せを感じる度に、焦りも覚える。

この幸福を守るために、ローゼにはまだすべきことがある。決意しなくてはならないことが。

「レオ……あの……」

ローゼはレオの胸をぎゅっと掴んで声を絞り出した。

自分が〝魔石の胎〟と呼ばれる存在だとレオに伝えなくてはならない。

義母たちから身を守るためにも、レオには全てを話すべきだ。

けれど――決意して話そうと口を開いた瞬間、ガチガチと歯が鳴った。慌てて両手で口を押さえるが今度は膝が震えて力が抜けた。呼吸が浅くなって、視界から色が抜けていく。

脳裏に義母の笑い声と、鞭の音が蘇ってローゼはひっと細い悲鳴を上げた。

「ローゼ！」

レオの声で、ローゼはハッと我に返って首を横に振った。

無意識に呼吸を止めていたようで、一気に息を吸い込んで咳《せ》き込んでしまう。

背中をさすってくれるレオを、ローゼは涙ぐんで見上げた。

「ごめんなさい、レオ、私……」

「急がなくていい」

頭を胸に抱き寄せ、優しい声でレオが言う。

ローゼは弱々しく頷いた。

決してレオを信じていないわけではない。話さなくてはならないとも分かっているのに、簡単に恐怖に囚《とら》われる自分が酷く無力で、情けなく、ちっぽけに思えた。

しばらくしてローゼが落ち着くと、レオは町へ出かけていった。買い物と、昨日洗濯をして乾かした衣服を受け取るためだ。

ローゼはしばらく部屋で休んでいたが、先ほどのことが頭から離れず、気を紛らわせようと掃除を始めた。汚れが気になるところを拭いていくうちに、仕事部屋に埃が溜まっていたことを思い出し、そちらへ向かう。仕事部屋はこれまでも、レオの留守中に一人で掃除をしたことがあるから勝手は分かる。

万が一危険がありそうなものは分かりやすく除けてくれているから、そこにだけ触れないようにしてローゼは掃除を始めた。

軽く窓を開け、空気を循環させながら固く絞った布でガラスを拭いていく。

隅に溜まった埃をほうきで掃いて集めるのに、魔力切れのガラクタ置き場にある大きめの立て鏡が邪魔になって、場所を動かそうと手で触れた。

だがその瞬間、ぱっと鏡面が白く光り、ローゼは驚いて後ろに飛び退いた。

「えっ」

魔道具が誤作動したのだ。

魔力切れと思った魔道具でも、何かの拍子に最後の力を振り絞って一瞬だけ作動するものがあると、以前レオが言っていた。これもたぶんそれだろう。

ローゼはドキドキする胸を両手で押さえて深呼吸した。

――大丈夫、危険なものではないはず。

うっかり作動した時に危険があるものは、レオが箱にしまって鍵を閉めてくれている。

それよりも魔道具が発動するところを見るのが初めてで、好奇心を引かれてそっと鏡を覗き込んだ。そして灰色の瞳を瞬かせる。

「レオ……？」

鏡にはレオが映っていた。

カカラタ村の印象的な丸い屋根の建物の前で、たくさんの人に囲まれて楽しそうに笑っている。

――これは、もしかして……今のレオ？

鏡は、この場にいない人の姿を見せてくれるものだろうか。それも心に想う人の。確証はないけれどそう直感して、息を呑んで鏡に見入った。

声までは聞こえないが、鏡の中でレオは村人たちに囲まれて楽しそうに笑っている。

ローゼは当然、自分といる時の彼しか知らない。村でのレオに一瞬目を輝かせるのとほとんど同時に、胸がつきんと痛んだ。

自分の前で、レオはいつも穏やかで、気遣うような笑みを浮かべている。

こんな風に遠慮なく笑うレオをローゼは知らないのだ。この感情を寂しいと言えばいいのか、切ないと言えばいいのか。どちらにせよ自分がとても我が儘で嫌な人間に思えて唇を横に結ぶ。

その時、近くにいた村の若い娘が一人レオの腕に抱きついた。

レオが驚いたように振り返り――

「ダメ……」

思わず声を漏らし、鏡に手を伸ばした。その瞬間、鏡面に映る映像も消えてしまう。恐る恐るもう一度触れてみるけれど、何も反応はしない。

泣きたいような気持ちになって、ローゼは拳を握った。

――胸が、痛い。

どうか、誰もレオに触らないで欲しい。

彼に触れていいのは、自分だけ。

胸の奥でもう一人の自分が叫ぶのに気づいて瞳を揺らす。

自分はいつからそんなに欲張りになったのだろう。僅かな時間、レオの隣にいられるだけでいいと、そう思っていたはずなのに。

今自分は、レオの全てが欲しいと思っている。

彼の全てを独り占めしたいと。愚かしい欲望を抱いている。

その欲望の激しさに、ローゼは自分で戸惑いを覚えた。これは弱さだろう。

自分の知らないレオを見て不安に思うのも、きっとローゼに自信がないからだ。レオがいくら優しくしてくれても、甘やかしてくれても、まだ自信が持てない。

それは容姿のことではない。屋敷に閉じこもったまま、過去も乗り越えられず、レオの優しさに甘えるだけの自分が嫌なのだ。

――強くなりたい。

ローゼは心からそう思った。

レオに気を遣われるだけではない自分になりたい。

彼の隣に堂々と立って胸を張れるような自分になりたいと、強く願ったのだった。


その後も、冬の間は穏やかな時間が続いた。

「ぼくがまだ子供だった頃、ある人から、北方に存在したという不思議な島の話を聞いたことがある」

夜になると、レオはローゼと手を繋ぎながら昔話をしてくれるようになった。

ほとんどが他愛《たわい》ない日常の話で、それを聞くのはローゼにとってこれ以上なく幸福な時間だった。

「北の島？」

「島の至るところが虹色の光に包まれた、とても美しい場所だったそうだよ。何百年も前に消えてしまったらしいから、嘘か本当かも分からないけど」

時にはこのような、お伽話めいたことも。

そんな夜を何度も繰り返したある日の朝、ローゼは鏡に映る自分の姿を見て涙ぐんだ。

「綺麗だよ、ローゼ」

背後からレオがローゼを抱きしめる。胸の前に回された彼の腕を摑んで、ローゼはきつく目を閉じた。

「ありがとう、レオ……」

彼の胸に寄りかかり、一粒涙をこぼしてから、ローゼは再び目を開いた。

鏡に映る自分の顔は、まるでこの年頃の娘のように見えた。

白い髪や、くすんだ灰色の瞳は相変わらずだけれど、あれほど深く刻まれていた肌の皺はほとんど消えている。今なら実年齢を言っても誰にも驚かれないはずだ。

レオの隣にいても――妻と名乗っても奇異の目で見られることはないはず。

「本当に……ありがとう」

レオは時間を作ってはローゼに自分の魔力を分け与えてくれた。

効果は出る日もあれば、全く出ない日もあり、特にここ数日は変わりが見られなかった。

それでもレオは熱心に魔力を注ぎ続けてくれて、その効き目が一晩で一気に現れたようだ。

昨夜に比べると、驚くほど若返って見える。

レオは微笑んで首を横に振り、鏡に映るローゼを見つめ青色の瞳を細めた。

「……本当に綺麗だ」

彼がそう言ってくれることが、ローゼにとっての全てだ。

胸は温かく、彼への想いで溢れている。

季節は間もなく、春を迎えようとしていた。

3章　カカラタ村

「景色が良すぎる」

爽やかな朝の光が差し込む寝室。

胸の中で眠るローゼの、そのしどけない姿を見つめながら、レオはしみじみとそう呟いた。

彼女が劇的な回復を見せてから半月ほど。

ローゼの容姿はさらに若返って見える。

まだ髪と瞳の色は戻らないし、目の下に少し皺と隈も残っており、肌や髪の艶も本来の彼女の年齢を考えればまだまだ元に戻ってはいないのだろうが、彼女を見て老女だと思う人間はもういないだろう。たとえ髪の色からそう見えても、顔を見ればレオより若い女性だと誰もが気づくはずだ。

――皺や血色はもう少し良くなるだろうけど、髪や瞳の色は戻らないかもしれないな。

ローゼの白い髪を指で梳《す》いて、目を細める。

髪や瞳は、人体の中でも特に強く魔力が宿っているところなので、他人の魔力ではきっと補いきれない。彼女の元の髪色がどんなものか、この目で見てみたかったと強く思う。

レオはふっと軽いため息をつきながら、ローゼの寝顔を見つめた。

歪《いびつ》な皺による不自然な老け方で最初は分からなかったが、ローゼはとても綺麗な人だった。

まず、ぱっちりとした大きな瞳は猫のように形が良い。それにずっと整った鼻や、ぷっくりとした可愛らしい唇が、小さな輪郭の中に完璧なバランスで収まっている。

今でも目を瞠るような美人なのだから、本来の彼女はまるで女神のように美しいのではないだろうか。時々、レオはそんなことを考えてしまうのだった。

その美しい女性の、それも妻である人の柔らかい体がぴったりと自分にくっついていて、白い足がレオの下半身に絡まっている。しかも襟ぐりからは無防備な白い乳房がちらりと見えているのだから、レオは近頃、毎朝とても大変なことになっていた。

ローゼの心や体調に余裕が出てくると、今度は自分の方に余裕がなくなってくるというのは、なんとも情けない話である。

——まだ、肌に触れられるのは怖いようだし……。

ローゼの過去については、いまだ肝心なことは聞けていない。

マデリック伯爵家で辛い目に遭っていたということだけは教えてくれたが、それ以上を話そうとすると、ローゼは全身に汗をかいて、息ができなくなってしまうのである。一度、レオがもういいと言っても喋ろうとして、結局息ができずに気を失ってしまったこともあった。

それだけ深く、強く、ローゼの心に恐怖が刻まれているということだろう。

――ひとまず現状で打てる手は打ったけど……。

それもあってだろう、まだマデリック伯爵家からの干渉はない。

だが肝心の人といまだ連絡がつかないことが、レオを焦らせていた。

レオは、そっと自分の背中に触れた。

脳裏に浮かぶのは、自分に魔術に関することを教えてくれた〝先生〟だ。

最後に顔を見てからもう十年以上になるが――どうしてもその人に会わなければならない。

ふうと、今度は深いため息をついたところで、ローゼがうっすらと目を開いた。

「レオ？」

寝起きの、ぼんやりとした瞳に見つめられて、レオの下半身が強ばる。

「おはよう、ローゼ」

レオはできるだけ何でもない振りをして、愛らしい唇に口づけた。

「ん……んっ……」

初めはついばむように触れ合いながら、徐々に口づけを深くしていく。角度を変えて、舌でローゼの口内を丁寧に愛撫《あいぶ》する。それに、一生懸命に応えるローゼは可愛くてたまらない。

レオは、ローゼの服越しに彼女の胸に触れた。ローゼは肌を見せることや、直接触れられることを怖がるが、こうして服越しに触ることは嫌ではないようだ。

最後まで抱くのは我慢するにしても、ローゼも回復してきたことであるし、最近では彼女が安心できる範囲で少しずつ触れ合いを深めているところである。

「あ……、っ……」

薄い寝衣の上から胸を愛撫しているうちに、その先端が硬くなってくる。キュッと軽くそこをつまむと、ローゼがか細い声を上げてレオにしがみついた。レオの下半身に絡んだ足にぎゅっと力が入ったので、気持ちが良いのだろう。

レオは、彼女の滑らかな太ももに触れた。肌の中でもここは触れてもいいようで、レオは時間をかけてその触り心地を堪能した。

――ああ、もっと触れたいな。

たとえば彼女の胸に直接触れられたなら……。

そんな誘惑を軽く頭を振って払いながら、レオは自分に許されたもう一つの場所に手を伸ばした。

「んっ……」

ローゼの寝衣の裾から奥へ手を伸ばし、肌着をずらしてその先に指を這わせる。淡い茂みの奥はすでにしっとりとしていて、レオは自身がさらに熱を持つのを感じた。

「ローゼ……」

「や……」

熱を込めて彼女の名前を呼ぶと、ローゼがイヤイヤとレオの胸に頭をこすりつけてくる。最初はこれで行為をやめていたが、どうやら本当に嫌がっているわけではないらしい。レオはもう片方の手で彼女の頭を撫でながら、愛らしい花芯を弄《いじ》った。

「あっ……あ……」

ローゼの体がびくびくと震える。愛らしい反応を堪能しつつ、レオは濡れそぼったその場所にたっぷりと指を挿入した。

「っ……」

必死に堪えたあえぎ声がとても可愛い。レオは彼女の顔を上に向けると、可憐《かれん》な唇に口づけた。甘い口内を味わいながら、指で彼女の中をゆっくり愛撫していく。

――ああ、熱いな。

ローゼの中は、熱くて、きつくて、とろとろだ。この場所に自分の昂《たかぶ》ったものを挿入したら、いったいどれほど気持ちが良いだろう。

「はっ……ぁ……」

レオのキスと愛撫に、ローゼの目がとろんと溶けていく。その気持ち良さそうな顔を見ているだけで、レオの心は満たされる。

レオは指を曲げて彼女のいいところを愛撫しながら、花芯をくねくねと親指で刺激していく。それをいくらか続けていると、やがてローゼは一際高い声を上げて背中をそらせた。

「……気持ち良かった？」

指を名残惜しく引き抜きながら、耳元で囁く。するとローゼはのぼせたような目でこくりと頷いた。だがすぐにはっと我に返ったような表情を浮かべ、顔を耳まで真っ赤にしてレオの胸に隠してしまう。

――いや、可愛すぎる。

本当に可愛い。可愛すぎて涙が出る。こんなに可愛い人がいるなんて聞いていない。

今すぐこのままローゼを抱き潰したい衝動に駆られるが、それは彼女の心の準備が完璧に整ってからだと決めている。なのでレオは、目を閉じて一人頷いた。

――よし、トイレに行こう！

だが前屈《かえかが》みにベッドを抜け出そうとしたレオの服を、ローゼがくいと引っ張った。

「どこに行くのですか……？　レオ」

ローゼが不安げな目をしてレオを見つめてくる。可愛い。

「え？」

「今……行こうってレオが」

どうやら、意気込みが強すぎて思考の一部が声に出てしまっていたらしい。

ここでトイレと言ってしまうのは簡単だ。しかし、なぜと聞かれたら気まずい。ローゼは一般的な性知識は学んでいるようだが、男の生理的なものについては全くだからだ。下手に説明することで気を遣って欲しくもない。

そういうわけで、レオはキリッとした顔を作って口を開いた。

「今日は天気が良いから洗濯に行こうと思って」

言ってみてから、ここで洗濯というのは不自然だったかと後悔する。

しかしローゼは、一瞬目を丸くした後、なにやら決意を込めた表情で頷いたのだった。

「洗濯に……今日は私も連れていってください」

◇◇◇

カカラタ村は、やはり美しい場所だった。

朝の光を浴びた湖面はキラキラと輝いて、その豊かな水の恵みを受けた緑もまた朝露に煌めいている。

村のそこかしこから活気ある人々の声が聞こえてくるし、畑の方からは手伝いなのか遊んでいるのか、子供たちの笑い声も響いてくる。

丸い屋根の間をゆっくりと馬に跨がって進み、すれ違う人たちと挨拶を交わしながら向かうのは川辺の洗濯場だ。

普段の洗濯は家でしているが、週に何度かは、レオはそこでシーツの洗濯などをしている。今日はローゼもそれに参加するつもりだった。

「あら！　おはようございます、ロスティールドさん」

ローゼたちが到着した時には、すでに村の女性たちが十人ほど集まっており、そのうちの一人がレオに気づいて声をかけた。四十代半ばの恰幅《かっぷく》の良い女性である。

「おはよう、エリナさん。今日もよろしく」

レオが先に馬から下りて、軽い調子で挨拶を返す。続けてローゼを抱き上げるようにして馬から下ろすと、あらためて口を開いた。

「こっちは妻のローゼだ」

「……初めまして、ローゼです。よろしくお願いします」

レオの紹介に合わせて頭を下げる。すると他の女性たちも興味深そうにこちらへ視線を向けた。

崖の上のロスティールド家に嫁いできたという謎の花嫁に、皆興味があったのだろう。

視線がちくちくと刺さるような気がしてローゼは体を強ばらせたが、それ以上不安を感じる前にエリナがにこりと笑ってくれた。

「……体調を崩していると聞いていたけど、もう大丈夫なんですか？」

「はい、夫のおかげで」

頷きながら、ローゼは一人胸を撫で下ろした。

――大丈夫、普通に喋れている。

サンスが頻繁に屋敷に来て会話をしてくれるから、自分でも少しは自信を持てるようになっていた。

ただ、こうして全く見ず知らずの人と話をするのは本当に久しぶりで、きちんと声が出たことにまず安堵《あんど》してしまう。

本音を言えば、ローゼはまだ他人が怖い。

けれど強くなりたいと思ったのだ。

容姿が回復しても、ずっとレオのお荷物でいては、いつまでも自分に自信が持てないままだろう。

少しずつでも人の輪の中に戻っていく努力をしたい。

そう思えるようになったのも全て、支え続けてくれたレオのおかげだ。

「やだ、綺麗な人じゃない。ロスティールドさんにはもったいないわ」

「でもまだ顔色が悪いよ、もう少し家でゆっくりさせてあげた方がいいんじゃないの？」

女性たちが口々にレオに話しかける。それにレオが一々照れたり困ったりと表情を動かすので、皆が面白がって声を上げて笑う。

こんな風に笑うレオを、ローゼは以前見たことがあった。

仕事部屋で、魔道具の鏡がカカラタ村にいるレオを見せてくれた。

その時は自分の知らないレオを見て落ち込むばかりだった。

今その笑顔を真横で見上げ、ローゼは胸がくすぐったくなるのを感じて笑みを浮かべた。

木陰からこちらを見つめる若い女性に気づいたのは、ちょうどその時だ。

彼女の視線は、どことなく恨めしげに見える。

――あれは、確か。

鏡が映す景色の中で、レオに抱きついていた娘ではないか。

「気にしなくていいですよ」

エリナがすぐに察し、そう声をかけてきた。

「ロスティールドさんは、ほら……あの見た目で性格も優しいから、村の娘は大体あの人に初恋を奪われるんです。そして、ある程度の年頃になると、ただ誰にでも優しいだけって気づいて冷めるの。あの子はまだ、それに気づいていないだけ」

励まそうとしてくれるのは分かったが、ローゼの胸は微かにざわついた。

あの娘がレオに好意を持っているかもしれないと思ってはいたけれど――少々もやもやする。

レオがローゼにだけ特別優しいのではないということも。

分かっていたことでも、あらためて突きつけられると心が揺らいでしまう。

表情に影を落とすローゼを、エリナが思わずといった様子で笑った。

「大丈夫、奥さまのことは特別に思っていらっしゃいますよ。だってここに来ると、いる間中ずっと、ずーっとあなたのことを喋ってるんだから。妻のここが可愛い、こんな仕草が可愛いって……あんなに幸せそうなロスティールドさんを見るのは初めてです」

「そうなのですか？」

「ええ……お二人とも想い合っておられて、とても羨ましいですよ」

洗濯の籠の中身を仕分けながら、エリナが声を立てて笑う。

ローゼは顔を真っ赤にして俯いた。

「じゃあ始めましょうか！」

エリナがかけ声を上げると、散らばっていた女性たちが川べりに集まって洗濯物を水に浸していく。ちょうどこの辺りは流れが緩やかなようで、それで流されていくことはない。

「ローゼ、おいで」

レオの隣でやり方を習いながら一緒に洗濯物を水に浸け、汚れの酷いところなどを手でゴシゴシと洗っていく。

しばらくすると女性たちが揃って立ち上がり、スカートの裾を軽く括《くく》って、隣の人と腕を組み始めた。

「ローゼもほら、ぼくと腕を組んで」

ローゼもまたレオに手を引かれて立ち上がり、訳の分からぬままスカートを括って腕を組む。そして言われるままに靴を脱いで川に足をつけた。

——あ、冷たくて気持ちいい。

ひやりとした感触に微笑む。すると誰彼ともなく、女性たちが歌い始めた。

軽快なリズムで、花や草木の美しさを讃《たた》える歌だ。全員がそれに合わせて足を動かし、川底の洗濯物を踏んでいく。

「レオ、あの、これは……っ」

「ほら、ローゼも！」

「ええっ……！」

レオも皆と同じように歌い、足を動かしている。ローゼも慌てて洗濯物を踏み始めた。

どうやら歌も動きも一定のリズムで同じことを繰り返しているようで、レオを盗み見ながら体を動かしているうちに、ローゼにも何となくそれが掴めてきた。

「上手じゃないか」

レオがにこりと笑ってそう言う。ローゼは唇を尖らせて彼を見つめ返した。

ダンスがあるなら、初めに言っておいてくれたらいいのに。レオは時々こういうことをする。たぶん、根が悪戯好きなのだ。

とはいえ難しい動きはないし、歌詞も何となく分かってきた。

——楽しい……。

ふくらはぎに跳ねる水しぶきのくすぐったいような冷たさも、青空の下で声を出して歌うことも、それに合わせて踊るように足を動かすことも。

時折レオの顔を見上げ、笑いながら歌う。

大体動きが分かってきたという頃になると、今度はレオがわざとこちらに足を出して邪魔してくる。ローゼは頬を膨らませ、負けじとレオに水しぶきを跳ねさせる。するとレオは、楽しくて仕方がないとばかりに声を上げて笑った。

やがて歌がやんだ頃には、ローゼの息はすっかり上がってしまっていた。

「レオは……いつも一人で女性の方々に交じってこれをしているのですか？」

「そうだよ、楽しいだろ？」

確かに楽しいけれど、鋼の心臓すぎる。

ローゼはふふっと笑いながら、足の裏を軽くさすった。どうやら小石を踏んでしまったようで、少し痛い。

——痛い？

ローゼは、はっと顔を上げた。

痛みの感覚はこれまでずっと鈍いままだった。もう、戻ることはないと諦めていたけれど……。

「ローゼ、どうかした？」

レオが心配そうに青い目を細める。ローゼは、ごくりと唾を飲んで彼を見つめ返した。

「足の……裏が少し痛くて……」

レオに、痛覚がほとんどないとはっきりと告げたことはない。

だが、ここ一年近くの暮らしの中で彼はきっと気づいているはずだ。

案の定、レオは大きく目を瞠った。

「痛いです……レオ」

目に涙を浮かべて告げると、レオは強くローゼの手を引いて抱きしめた。

「そっか……」

ぐいっとローゼの腰に腕を回し、満面の笑みで抱え上げる。

「それは大変だ！」

レオの足下から上がったしぶきが、日の光を浴びてキラキラと輝く。

突然ローゼを抱え上げて笑い始めたレオを女性たちが驚いた表情で見つめている。それがまたなんだかおかしくて、ローゼも声を出して笑った。

――ああ、私……レオが好き。レオが大好き。

強い想いが胸に込み上げてくる。

――今なら、言える気がする。

ローゼの全てを、過去を。

心に深く刻まれた恐怖を、レオへの想いが上回っているとはっきりと思えた。

――レオになら、この体に流れる血を全て捧《ささ》げたっていい。

この幸福な日々は、今はまだ仮初めのもの。

これを本物の日常にするために、自分にはやるべきことがある。戦うべき相手がいる。

もちろんローゼが全てを打ち明けたことが知られれば、レオにも義母たちの魔の手が及ぶだろう。

彼を危険にさらすかもしれないと考えると足が竦むようだ。

だがレオは、きっとそれも分かっていて、ローゼが話せるようになる時を待ってくれている。

自分と共に、義母たちに立ち向かおうとしてくれている。

それにレオは魔術に関する知識もあるから、何かその術を知っているかもしれない。

——この先もレオと共に生きていくために。

今日こそレオに、全てを打ち明ける。

ローゼは強く決意をしたのだった。


その日の夜。いつものように二人で夕食を取り、交代で片付けと入浴を済ませた後、ローゼは一人ベッドに腰かけてレオを待っていた。

——レオに言わなくては。

自分が〝魔石の胎〟であること。この体に流れる血が巨万の富を生むこと。それを義母や術士に理不尽に奪われ続けてきたこと。きっと、彼女たちは自分をまた攫いに来るであろうこと。

その時には、どうか共に立ち向かって欲しいということ。

これまでに何度も言おうとして、その度に失敗をしてきた。あの悍《おぞ》ましい日々が一気に脳内に蘇って、どうしても言葉にできなかったのだ。

今も指先が震えて冷たくなっている。

手を擦り合わせ、何度も深呼吸をして気持ちを落ち着けていると、寝支度を整えたレオが寝室にやってきた。

レオは緊張したローゼの様子を見てすぐに何かあると気づいたようで、隣に座ってそっと肩を抱いた。

「……聞いて欲しい話があります」

声を震わせながら言うと、レオは「うん」と静かに頷いた。

だがいざ言おうとするとやはり全身が緊張してしまい、息が上手くできなくなってしまう。

そんなローゼの肩を、レオが何も言わずにゆっくりさすり続けてくれる。

「私は……」

脳裏に蘇る。暗い地下室、冷たい床、黴《かび》の匂い。階段を下りてくる足音、高い笑い声、鞭の音。

あらゆる痛み、あらゆる悲しみ、あらゆる絶望。鏡に映る醜い己の姿。死の恐怖。

「私は……！」

叫ぶように、息を吐き出すように言葉を紡ぐ。

レオがローゼを引き寄せ、頭を撫でる。その体温と安らぎに寄りかかるようにして、ローゼは必死に声を絞り出した。

「〝魔石の胎〟です」

一息に言ってしまうと、体からどっと力が抜けた。

――言えた……！

胸を撫で下ろし、深い息を吐きながらレオを見上げる。彼の反応が気になった。

「魔石の胎？」

だがレオは、顎をさすりながら首をひねっていた。魔術に精通している彼なら、これで分かるかと思っていたけれど……。ローゼは慌てて説明を補足した。

「私も詳しいことは分からないのですが、どうやら私の血から……魔石が作れるらしく、義母たちからそう呼ばれていました」

「魔石がっ⁉」

レオが声をひっくり返した。あからさまに動揺した様子で視線を泳がせる。

「まさか……そんなことが。いやでも、確かに聞いたことはあるような……」

レオは片手で頭を押さえると、記憶を漁《あさ》るように「ああ……いや」とか、「違う」とか独り言を呟き始めた。不安な気持ちを胸にそれを見守っていると、レオが突然「ああ！」と顔を上げた。

「……〝精霊の愛し子〟か！」

「え？」

「そうだ、先生から昔、一度だけ聞いたことがある。三百年以上前、北にあった島国に、そういった力を持つ娘がいたらしいと……」

ローゼはぽかんとして首を傾げた。

「三百年以上前……北……島国」

それは以前、レオが寝物語に話してくれた島国のことだろうか。

この国は、大陸の南西の海に接している。北の国というだけでも、ローゼには遠い場所の話だ。

「そう。島はもうなく、国も滅びて、文献の一つも残っていない。だけどそこには、確かにそういう人がいたとぼくの先生が言っていた」

レオは取り乱したことを恥じるように軽く頭をかきながら、青い目を細めた。

「〝魔石の胎〟というのは、おそらく君の義母と術士の間だけで使われている造語だ。その島で、その力を持つ娘を人々は〝精霊の愛し子〟と呼んでいた。自らの血の一滴から魔石を生む、奇跡の娘だ」

「……血から魔石を作れる人間というのは、やはりとても珍しいのですか？」

もちろんそれは義母たちの執着具合から察していたが、なにぶん魔術に関する知識がないので正確なことが分からない。

「……昔、とある術士が魔術師の血族の血を使って、魔石を作ろうとしたことがある。だが百人の血を全て抜き取っても、できた魔石は小指の先ほどの欠片一つだけだった。つまり人の血から魔石を作るなんていうのは、本来とてもではないが現実的な話ではないんだ」

ローゼは思わず、自分の両の手のひらを見つめた。

「どうして……そんな特別な血が私の体に……」

「……おそらく、ローゼの母君の先祖が〝精霊の愛し子〟だったんじゃないかな。調べたけど、マデリック家は魔術師協会の名簿に名を連ねていないんだ。あの規模の家が魔術師の血族なら必ず名簿に載っているはずだから、血族だったのは君の母君で間違いないと思う。母君から、何か聞いていることはないかい？」

レオは、いつの間にそこまで調べていたのだろう。そもそも魔術師協会の名簿なんて、そんなに簡単に調べられるものなのだろうか。

分からないまま、ローゼは首を横に振った。

「お母さまからは、魔術に関することは何も聞いていません。自分が魔術師の血族だということも、あの術士から聞いて初めて知ったぐらいで……」

「なら、母君もきっと自分が血族だと知らなかったんだろう。この国は魔術との関わりが薄いから、知らずに生きてきても不思議ではない。おそらくローゼの母方のご先祖は、島が滅びる時にでも大陸に逃げてきて、身分を隠して生活をしているうちに、自分たちでも血族であることが分からなくなってしまったんじゃないか……。ローゼ、母君の髪の色は？」

「……金色でした」

「なら、ローゼは先祖返りだろうね。〝精霊の愛し子〟は……それは珍しい神秘的な髪の色をしていると先生が言っていたから。魔術師の血族から稀に魔術師が生まれるように、たまたま君のその血が目覚めてしまったんだろう」

少ない情報からどんどん考察していくレオに圧倒されつつ、ローゼは頷いた。

やっぱりレオも、普通の人ではないとあらためて思う。

「そういえば……〝精霊の愛し子〟が確実に生まれる条件があるとも言っていたような……」

レオが何かぶつぶつと呟いていたが、ローゼは別のことが気になって首を傾げた。

「でもそんな珍しいことで、私やお母さまも知らなかったことを、どうして義理の母が知っていたのでしょう……」

「義理のお母さんはこの国の人かい？」

「……いえ、北の出だと聞いた気がします」

「なら、島があった場所に近い国の出身なんじゃないか。北方の国でなら、昔語りの一つとして話が残っていてもおかしくない」

そういえば最初、義母はローゼの髪の色を見て顔色を変えた。きっとそこで故郷の昔話を思い出し、より詳しい術士を呼んで確かめたのだ。

レオと話して自分の出自について考えているうちに、気がつけば最初の動揺はなくなっていた。

自分なりに今聞いた話を整理していると、ふと、レオがローゼの髪に触れた。

「ローゼの髪の色を、ぼくも見てみたかったな……」

ぽつりとこぼれたレオの本音に胸が苦しくなる。

——私も、見て欲しかった……。

ローゼは自分の髪が好きだった。変わった色だったが、母がいつも褒めてくれたから。

おそらく髪の色は戻らないと聞いているけれど——どうしても名残惜しく感じてしまう。

レオと見つめ合い、どちらからともなく唇を重ねる。

澄み渡る湖のような美しい瞳に、ローゼの姿が映っている。

ローゼはひとつ決意して、目を閉じた。

「レオ……見て欲しいものが……」

唇を離し、レオから少し距離を取って背中を向ける。そして上着をはらりとベッドの上に落とすと、そのまま胸元のリボンを指で解《ほど》いた。

「ローゼ？」

レオが戸惑うような声を漏らす。ローゼはそれに応えず、寝衣のドレスを腰まで下ろした。

上半身があらわになり、ひやりとした空気が肌を刺す。

その瞬間、レオがハッと息を呑んだ。当然だろう。

目の前には、無数の鞭の跡が残る背中がさらされているのだから。

「……私は、六年間家の地下に幽閉され、鞭を打たれ続けていました」

覚悟を決めたつもりだったが、いざ発した声は消え入るようなものになってしまった。

レオがどう思うのか、どう感じるのか——想像すると心が波立つ。

反応が気になって振り返ると、レオは青ざめた顔でローゼの背中を凝視していた。

「なぜ……こんなことを」

悲痛な声で訊ねられ、そっと目を伏せる。

「……私の血を採るためです」

ため息をつくように言うと、レオは「馬鹿な」と首を横に振った。

「もっと効率の良い方法があるはずだ」

採血をするだけなら注射器を使う方がよほど早い。

レオが理解できないのは当然の話だ。

だがその理由を説明しようとすれば、地下での六年を語らねばならない。

ローゼは息が詰まるような苦しさを感じつつも、ゆっくりと口を開いた。

「私が……強い感情を抱いている時に採取した血からは、上質な魔石を作ることができるそうです」

そのために、義母や術士は手段を選ばずローゼの感情を昂らせようとした。

鞭を使ったのは、ただただ恐怖と痛みを与えるため。義母たちは他にもあらゆる方法でローゼの心を抉《えぐ》り、悲しみや絶望にあえぐ自分にさらに鞭を振るっていった。

淡々と話すうちに不思議とローゼの心は凪《な》いでいったが、反対にレオの双眸は鋭くなっていく。

レオは先ほど脱いだ上着を手に取り、ローゼの肩にかけて羽織らせた。ローゼも自分が肌をさらしたままだったことに気づいて寝衣を整える。

「父君は……？　数年前に亡くなったとは聞いているが……途中までは生きておられたはずだ。止めに入らなかったのか？」

重い口調でレオが訊ねる。

「お父さまは……」

ローゼは言葉を詰まらせた。

自分でも泣いてしまうかと思ったが、予想に反して涙はこぼれず、声も震えはしなかった。

「お父さまは、時折地下に下りてきて、やはり私に鞭を振るいました。一度だけ……すまないと謝ってくれましたけど……」

レオはもはや言葉もない様子で、ただ青い瞳を見開いている。

「私……お父様が亡くなったと聞いた時のことを、よく覚えていないんです。義母たちは少しでも私を揺さぶるために伝えてきたはずなんですけど……何も感じませんでした」

言い切った時、胸に浮かんだのは諦めに似た感情だった。

口元に、うっすらとした笑みが浮かぶ。

その表情がどう見えたのか、レオはたまらずといった様子でローゼの肩を抱き寄せた。

温かい体温に包まれて、ようやくローゼは少しだけ悲しいと思えた。

レオの胸に寄りかかり、口を開く。

「レオ……義母たちはそういう人です。何があっても、私を諦めることはないと思います」

まっすぐレオを見上げて訊ねる。

自分と一緒にいるということは、残酷な義母たちと戦わざるを得ないということだ。

それでもここにいてもいいだろうか。

レオに、一緒に戦って欲しいと願っても。

ローゼにはもう彼の答えが分かっていたが、それでも胸は不安で張り裂けそうだった。

「……ぼくが、君と結婚する時に持ちかけられた条件は、子供を作ることだった」

ふとレオが思い出すようにそう言った。

「子供……？」

「たぶん、ぼくと君との子供が〝精霊の愛し子〟になるんだろう。理由は分からないが、そうとしか考えられない」

ローゼの顔からさっと血の気が引く。

「私と、レオの子供を……あの人たちは同じ目に遭わせるつもりなのですね……」

「大丈夫だ、絶対にそんなことはさせない」

レオはきっぱりと言い切った。

「まず、魔術師の血族を生け贄《いにえ》に魔術を行使することは、魔術師協会の規定に反している。君の場合は少し特殊だけど、この規定が適用されるはずだ。協会から国に通達がいけば、マデリック伯爵家は取り潰し、関与した者は皆死罪だ」

「で、でも……マデリック家は国内でも有数の力を持っています。そんな簡単には……」

「いくらマデリック家が力のある貴族でも、国は魔術師協会の決定には逆らえない。ローゼ、なぜ魔術師が国家ではなく、協会に管理されているか知っているかい？」

「……いいえ」

「魔術師の力が強すぎるからだ。彼らは簡単に国を滅ぼすことができる。その気になれば、世界を滅ぼすことだってできるだろう。魔術師を殺せるのは魔術師だけ。だから、互いで互いを管理しているんだ」

驚くローゼに、レオは軽く微笑んで言葉を続けた。

「国は、魔術師が生まれたら必ず協会へ差し出すという約束をしている。そして魔術師の力を独占しないことを条件に、魔術師協会の庇護《ひご》を受けるんだ。もしもその国が魔術師の攻撃を受けたら、協会の魔術師が代わりに戦う。他にも諸々《もろもろ》魔術については、国と協会の間で細かい取り決めがあって、それを守らない時には国は協会の庇護を失うし、最悪の場合は処罰の対象になって滅ぼされる。だから何があっても、国は協会の決定にだけは逆らわない」

「初めて知りました……」

「魔術に関することなんて、普通の人は知らなくて当然だよ」

レオはそう言うと、青い瞳を鋭くした。

「すでに、規定に反している可能性があるという連絡はしてあるから、国からの監視が入ってマデリック家も身動きが取りづらくなっているはずだ。明日の朝にでも協会に連絡を取って、処罰を行ってもらおう」

「……私が、もっと早くに打ち明けていればよかったのですね」

「大丈夫、間に合ったんだ。マデリック家の人間が本格的に動き出す前に、全てが終わる」

「はい……。でも……」

ローゼは躊躇《ため》らうように視線を泳がせた。

しかし義母らは悪辣な人間だ。そして手元には大量の魔石と資金がある。異変を察し、あらゆる手段を用いて逃走する可能性は十分に考えられる。

「……守るよ」

レオは強い口調で言い切った。

「君を、二度と同じ目には遭わせない。絶対にだ。約束する……」

それを聞いた瞬間、ローゼの灰色の瞳からぽろりと涙が落ちた。

レオがその滴を指で拭い、互いの視線が絡み合う。

どちらからともなく引き寄せられるように口づけを交わした後、ローゼはぎゅっと縋るようにレオの服を掴んだ。

「レオ……私の……背中の痕はきっと、魔術でも治せないと思います」

レオは上着の布越しにローゼの背中に触れ、無言の肯定をした。

痛ましげに沈黙をするレオに、消え入るような声で続ける。

「こんな私でも……抱いてくださいますか？」

いきなり、何を言うかと思われただろうか。

だけどローゼはずっと……もうずっと気になっていた。

彼が時折ベッドでローゼに触れる時、嬉しく思うと同時に、この傷を見ても抱いてもらえるのか不安でたまらなかった。

夫婦の交わりについては、亡くなった母が教えてくれた。

本来なら嫁入りの直前に聞くような話だったが、母はこれだけは自分がと、病気が発覚してすぐにローゼに教えてくれたのだ。それが子供を作るための行為であり、夫婦の愛情を確かめる行為であること。最中のことはさすがに、旦那さまに任せればいいと詳しくは教えてもらえなかったけれど――今となれば本当に助かったと思う。

そして、その時に母に言われたのだ。

貴族の男性は〝傷物〟の女性を厭《いと》う人が多い。行為を夫になる男性以外としてはならないのはもちろんのこと、顔や肌に傷を作らないように気をつけなさいと。

レオがそうだと疑うわけではない。ただふとした時に母の言葉を思い出してしまう。

ローゼも覚悟を持って背中を見せたつもりだが、あまりに悲惨な傷痕にレオが抱く気になれなかったらと思うと、やはり怖かった。

問いかけられたレオは少し黙り込んだ。それはほんの数秒だったけれど、ローゼにはとても長く感じられた。耐えきれず口を開きかけた時――。

「……え」

レオは何も言わず、ローゼの顎をくいと指で上に持ち上げた。そして、まるで奪うように口づける。唇の隙間から入ってきた舌がローゼのそれに絡む。驚くローゼを、美しい青い瞳が見つめていた。

「んっ……」

レオとは何度もキスをしたけれど、このような、息ができないほどの激しい口づけは初めてだ。

なんとか応えようと彼の背中に腕を回すと、そのままベッドに押し倒されてしまう。

レオはローゼの耳を唇で食《は》んだ後、痺れるような低い声で囁いた。

「擦《こす》れたりしても、背中は痛くない？」

こくこくと小刻みに頷くと、レオは耳や首筋を甘噛みしながらローゼの寝衣を脱がせてゆく。

再び彼に肌を見せることになり、ローゼの体が緊張に強ばった。

先ほどは背中の傷を見せるのだと必死だったけれど、今は違う。

レオを見ると、青い瞳とまた視線が絡まった。レオは、ローゼが初めて見る表情をしていた。ぞくりとするような男の顔だ。

「あ……」

これまでも心地の好い触れ合いはあったけれど、あれはじゃれ合いの延長だったのだと、今はっきり分かってしまった。

残る服を脱がされ、肌着を取られて生まれたままの姿になる。ローゼは思わず脚を閉じ、胸を腕で覆い隠した。レオは熱を逃がすように息をつくと、今度は自分の服を脱いでいく。

ほどよく鍛えられた体があらわになり、ローゼは顔を真っ赤にした。

初めて見る異性の裸体に動揺するローゼに、レオはゆっくりと覆い被さった。

互いの肌が重なった場所から、たとえようのない心地好さと、安心感が全身に広がっていく。

愛する人の肌が、体温が、これほど気持ちがいいものだなんて想像もしなかった。すでに強ばり、勃《た》ち上がっているレオのその部分がローゼの肌に擦れる度、自分の熱も高まっていくのが分かる。

二人はしばらく、互いの肌の心地好さを味わうように、ゆっくりとキスを繰り返した。やがてローゼの瞳がとろんと潤み、体から緊張が抜けた頃、レオがそっとローゼの乳房に触れた。

「……ずっと触れてみたかった」

熱のこもった声に、ローゼの胸が甘く疼《うず》く。レオは、彼の手のひらにちょうど収まる大きさのそれを、潰れやすい果実にするように優しく揉みしだいた。その柔らかさを少しの間楽しんだ後、先端を口に含む。

「あっ……」

胸の頂を舌で転がされ、吸われるのは、とても気持ちが良かった。じんじんと痺れるような快感が、やがて飛び火したように下腹に移って熱くなる。ローゼは堪えきれない小さな声を何度も上げながら、切なく腰を浮かせた。

レオはそうして両方の胸を愛撫した後、産毛をなぞるようにしながら肌に手を這《は》わせ、ローゼの脚の間に触れた。彼の長い指が淡い茂みの奥を掠めて初めて、ローゼは自分のそこがすでに濡れていることを知った。

——もっと触って欲しい。

もっと触って、奥に来て。はしたないと思いつつも、期待に体が疼く。ローゼはもう、レオが与えてくれる快感を知ってしまっているのだ。

それに応えるように、レオはとろりと蜜を流す秘裂へ指を挿入した。

「あ、ぁっ……」

ローゼは小さく歓喜の声を上げた。膣《ちつ》の中の、一番感じるところを指で愛撫され、手のひらで花芯を押されると、もう何も考えることができなくなってしまう。

「やぁ、あ……あぁ……」

指が増えて、今度は中を広げるように愛撫される。指が三本になった時は少し苦しかったが、ゆっくりと解《ほぐ》されているうちに慣れてきた。

ローゼは肩で息をしながら、レオを見上げた。

レオは、堪えるような表情でローゼを見つめている。空いている手でローゼの胸を揉み、その先端を虐《いじ》め、時折腹や脚に触れてくる。

その息遣いはまるで懸命に空腹を堪える狼《おおかみ》だ。

「レオ……も……うっ」

早く一つになりたい。そう訴えると、レオが指を引き抜いた。時間をかけて慣らされた膣壁が、じんじんと痺れている。そこが熱を持って、ひくつきながら彼を待っているのが分かってしまう。

「辛かったら、言って欲しい。すぐにやめるから」

レオはそう言うと、そこに自身の昂りをあてがった。彼の柔らかな先端がローゼの陰唇を割り開く。

「あぁ……」

膣の浅いところを擦られて、また蜜がこぼれた。

ローゼは彼の首にしがみつき、浮かされたようにその名前を呼んだ。

「レオ……レオ……」

――好き、大好き。

レオの優しいところも、悪戯好きなところも、あたたかな笑顔も、困った顔も、全部が大好き。

「やぁっ……」

彼のものが半ばまで入ってきた時、体に鋭い痛みが走った。

体が二つに裂けるようで、たまらず悲鳴を上げてしまう。

レオは思わずといった様子で腰を引こうとしたが、ローゼは彼に抱きついてそれを引き留めた。

「大丈夫……嬉しいから……」

生涯でただ一人、レオだけが与えてくれる痛みだと知っている。

この瞬間を愛する人に捧げられるなんて、夢にも思わなかった。

ローゼの瞳から、一滴の涙がこぼれる。レオはそれをキスで拭ってから、ぐっと腰を押し進めて最奥を貫いた。

喉がのけぞり、一際大きな声が漏れる。

レオはなだめるように軽いキスを繰り返しながら、ローゼの頭を撫でた。

「……痛みが引くまで、このままでいるから」

レオはそう囁くと、繋がったまま体を横にずらしてローゼを抱きしめた。そして言葉通りぴたりと動きを止める。じんじんと股の間が痺れていたので、ローゼはほっと胸を撫で下ろした。

「ありがとう、ローゼ。ぼくは今、すごく幸せだ」

想いのこもった言葉に、涙ぐんで「私もです」と頷く。

そのままレオに頭を撫でられたり、額や頬にキスをされたりしているうちに、徐々に痛みも引いてくる。すると、膣の中でレオのものがビクビクと脈打っているのを感じた。彼の硬い杭《くい》の形まで、はっきりと分かる気がする。今確かにレオと繋がっているのだ。そう実感した途端、甘い疼きが体に戻り、とろりと新しい蜜が湧き出てくるのが分かった。

「も……大丈夫……です」

レオの体にしがみついて言うと「うん」と熱い吐息交じりの返事がくる。ローゼの言葉を確かめるようにゆっくりと抜き差しが始まった。膣の深いところを抽挿され、繋がった場所からはくちゅくちゅといやらしい音が響く。

「あぁ、あっ……やぁ、んぅ……」

奥をこん、こん、と軽く、けれども何度も叩かれて、体が少しずつ快感に支配されていく。やがて足りないと感じ始めた頃、レオは再びローゼに覆い被《かぶ》さって、ぐっと強く腰を突き上げた。

「やぁっ……」

突き上げる速さが上がって、強く押し上げるように膣奥を刺激され、重たい快感が全身を駆け巡っていく。その合間に花芯を弄られた時には、ローゼは腰を浮かせてよがり声を上げた。

「あっ、やぁ……んっ、あっ……」

レオがローゼの片足を持ち上げて、貫く角度を変える。するとレオのそれがローゼのいいところに当たって、まるで脳が痺れるようだった。

気がつけばローゼの脚はレオの体に絡まり、二人とも全身にしっとりと汗をかいて夢中で快感を追いかけていた。レオの息も上がって、表情も苦しそうだ。ローゼはほとんど無意識に、彼の頬に手を当てて口づけをした。

「ローゼ、ちょっと今は……そういうのは……。今はすごく、我慢してるから……」

レオは、はあと長く息を吐きながらそう言ったが、結局は我慢が利かなかったようで「ごめん」

と謝って激しく腰を突き上げ始めた。何度も何度も奥を貫かれ、目の前がチカチカしてくる。

「や……レオ……っ……」

彼の指で達したことは何度もあるけれど、それとは比べものにならない質量を持った快感が波のように押し寄せてくる。ローゼはたまらずに、溺れる人のように彼の背中にしがみついた。

「あっ、あぁあっ……」

もっとも強い快感が全身を駆け抜けた後、一瞬目の前が白くなり、体が痙攣を起こしたように震えた。ぎゅうと膣が強く締まった瞬間、レオが腰を引いてローゼの腹の上に精を放った。

――あぁ……。

幸福感と、切なさが同時に胸に湧き起こる。今まで彼のモノで満たされていた場所が、喪失感に耐えるようにヒクヒクと震えているのが分かった。

きっと自分は、中に彼の精を放って欲しかったのだ。普段なら、はしたないと顔を真っ赤にしてしまいそうな考えを否定も誤魔化しもできないほど、ローゼの頭の中は真っ白だった。

◇◇◇

窓から差し込む月明かりが、ローゼの美しい肢体を照らしている。

行為の疲れからうとうととするローゼの体を清め、その体にかけ布をかけてやってから、レオはふと窓に一羽の鳥が留まっているのに気づいた。

――まさか見てたんじゃないだろうな。

思いきり顔をしかめてから、いや最中は確かにそこにいなかったと一人頷く。

「……どうかしましたか？　レオ」

眠たそうな声でローゼが訊ねてくる。レオはそれに「何でもないよ」と首を横に振った。

また色々と話すべきことができそうだが、それは明日でいいだろう。

「ねえ、レオ。その背中のものは……何ですか？」

ローゼが、レオの背中を見つめて首を傾げた。最中ははっきりと背中を向けなかったことと、部屋が暗かったのもあって気づかなかったのだろう。レオの肩甲骨の辺りには、羽の形をした魔法陣が描かれている。

「……いずれ話すよ。疲れただろう？　今はゆっくり休んで」

頭を撫でながら言えば、彼女は僅かに微笑んで頷き、すぐに寝息を立て始めた。レオはそのまましばらく彼女の白い髪を撫でてから、そっと背中の傷痕に触れた。

――どれほど痛く、苦しかったことか。

数えきれないほどの傷痕は、痛々しいミミズ腫れになってしまっている。

傷が治りきる前に何度も何度も鞭で打たれなければ、こんな風にはならない。

華奢《きゃしゃ》で可憐な女性の、レオが誰より愛おしく、大切にしたいと思う人の背中に残る過去に、胃の底が焼けつくような激しい怒りを覚える。

――人間のすることじゃない。

ローゼが地下に閉じ込められた時、彼女はまだ十二歳の少女だった。

もちろん何の罪もない、無垢《むく》で愛らしい子供だったはず。

そんな相手によくも鞭など打てたものだ。人の欲望というものの醜悪さに、吐き気がする。

しかも一連のことにはローゼの父も加担していたというではないか。

――ローゼの父君、あなただけはたとえ命を捨ててでも、ローゼを救おうとするべきだったんじゃないのか！

顔も知らないローゼの父親に、血を吐くような思いで訴えかける。

全てを知ってようやく、彼女があれほど心を壊していた理由を理解した。

ローゼは小さな体に、人間の醜悪さを一心に浴びせかけられていたのだ。

――必ず守るよ、ローゼ。

彼女の背中に触れ、髪を撫でて、心に誓う。

もう二度と、人の形をした悪意などにローゼを傷つけさせはしない。

けれど強い想いや決意だけでは、大切な人を守ることはできないとレオは知っているつもりだった。

――大切なものは、一つだけだ。

すっと窓の外の鳥に視線をやる。決断の時がきたのだ。迷いはもう、心の中から消えていた。

4章　炎

「じゃあ、行ってくるよ。明日の朝までには必ず帰ってくるから」

愛を交わした翌日。

レオはそう言って屋敷を出ていった。

馬で駆けていく背中を見送ってから、ローゼは祈るように胸の前で手を合わせた。

脳裏に蘇るのは、朝のベッドでの会話。

ローゼは昨夜の幸せな気持ちのまま、レオの隣で目を覚ました。

義母たちとの戦いはこれからだと分かっていたが、レオがローゼの過去を受け入れ、抱いてくれたことが嬉しかったのだ。

しかし先に起きていたレオは、初夜の余韻もそこそこに、申し訳なさそうに話を切り出した。

『ローゼ。詳しいことを今はまだ話すことができないんだけど……ぼくは先生に会いに行かなくてはならない』

それが魔術に関することだと、ローゼにもすぐ分かった。レオが歯切れ悪くなるのは、いつも自身と魔術の関わりについて話す時だけだからだ。

だからローゼが不安を感じたのは、この後に続いた言葉にだった。

『帰ってきた時、ぼくは今までのぼくではないかもしれない。爵位も、屋敷も手放すことになるだろうし、村にも住めなくなると思う。……それでも、ぼくの妻でいてくれるだろうか』

話の内容が明らかにただ事ではない。ローゼは驚いて、すぐには声が出なかった。

ただ単に住処《すみか》を失うということ以上に、屋敷はレオの宝物だ。

両親と過ごした思い出が残っているというだけではない。

六歳の頃から人生をかけて守ってきた、彼の生きてきた証そのものだ。

それに、レオはカカラタ村のことも心から愛している。

彼が屋敷と村での生活を捨てる理由など——一つしか思い浮かばない。

『それは、私のためですか?』

ローゼを守るために、自身を犠牲にして何かを手に入れようとしているのではないだろうか。

それが金銭なのか、魔道具のような力なのかは想像もつかないけれど。

凍りつくローゼを、レオはしっかりと抱きしめて首を横に振った。

『いいや、ぼくのためだ』

『でも……』

『本当だよ。……君に出会う前から、こんな日がくるという予感はあったんだ。今、その日がきたというだけで』

笑顔できっぱりと言われると、それ以上「私のためでは」と食い下がることはできなかった。

それでも何と答えるべきか少し悩んでから、結局は質問への答えだけを口にした。

『……私はレオの側にいます。何があっても』

レオは『ありがとう』と笑ってくれたけれど、ローゼの胸はざわついた。

彼は何か、取り返しのつかないことをしようとしているのではないか。

考えれば考えるほど恐ろしくなってくる。だが呼び止めようにもレオの背中はもう見えない。

ローゼは思い悩んでいても何も変わらないと自分に言い聞かせ、屋敷に戻ってできる限り普段通りに過ごした。

昼過ぎになると、サンスが屋敷にやってきた。

ローゼを一人にしないよう、レオが急遽《きゅうきょ》呼び寄せてくれたのだ。

「サンスさん、わざわざ来ていただいてありがとうございます」

サンスは山一つ向こうの町で、息子夫婦と一緒に暮らしている。レオはここを発《た》った後にまずサンスのところへ立ち寄り、屋敷に来てもらうように頼むと言っていた。

サンスはきっと、レオに話を聞いてすぐ馬を飛ばしてきてくれたのだろう。

深く頭を下げると、サンスは「いやいや」と大きく頭を振った。

「頼っていただけるのは嬉しいものです。レオさまが帰ってこられるまで、私が責任を持ってローゼさまのお世話をさせていただきますので、ご心配なく」

「……ありがとうございます」

サンスは、ローゼがレオの他に心を許している唯一の相手だ。

レオが不在の屋敷で一晩過ごすのは初めてだから、正直とても心強い。

「しかし……レオさまはえらく急いでいらっしゃいましたが、いったいどこへ行かれたのですか？」

問いかけに、ローゼは視線を彷徨わせた。

――サンスさんになら、言ってもいいかしら。

口止めはされていないし、本当に屋敷等を手放すことになるなら、遅かれ早かれサンスも知ることだ。ローゼも、レオが何をしようとしているのかを知りたかった。

サンスなら何か知っているかもしれない。

「先生に会いに行くと、仰っていました」

「先生……？」

サンスが「はて」と首を傾げる。

もしかして、サンスもレオが〝先生〟と呼ぶ人のことを知らないのだろうか。

「はい。……この屋敷を手放すことになるかもしれないとも言っていたのですが、何か事情をご存じありませんか？」

「屋敷を⁉」

サンスがさっと顔を青ざめさせた。

「ついに……この時が……」

「やはり、何かご存じなのですね？」

震える声でぶつぶつと呟くサンスに、縋るように訊ねる。

サンスはきっぱりと頷き、ごくりと唾を飲んだ。

「……詐欺でございます」

「え？」

「レオさまがまたもや！　詐欺に遭われておられるのでございます！」

サンスが確信を込めて言い切る。

ローゼは目を丸くして首を傾げた。

「……詐欺、ですか？」

「さようでございます！　詐欺師というのは先生と呼ばれる職業を詐称することが多いと聞きますし、これはもう、間違いありません！」

「そんな感じには見えませんでしたけど……」

「そんな感じで騙されに行く者はおりません！」

確かにそうかもしれない。

ローゼは口元に手を当ててもう一度よく考えてみた。

「……やっぱり、違うと思います」

レオの様子は、旧知の人に会いに行くという感じだった。旧知の詐欺師ならすでにもう騙されているはずだ。

だがサンスは、動揺のあまり聞く耳を持てないようだった。

「ローゼさま、レオさまは行き先を告げていかれましたか⁉」

「いえ……明日の朝までには帰るとだけ……」

ローゼがそう答えると、サンスはそのまま真後ろに卒倒してしまったのだった。


サンスはその後すぐに意識を取り戻したけれど、やはり泡を吹く勢いで狼狽するので、ローゼはなんとか彼をなだめすかしてリビングへ連れていった。

――余計なことを言ってしまった……。

レオの見よう見まねでハーブティーを入れ、ソファに座るサンスに飲んでもらいながら深く反省する。この屋敷を守ってきたのはサンスも同じで、それを失うかもしれないと聞けば衝撃を受けるのは当たり前だ。もっと配慮を持って伝えなくてはならなかったのに。

一応「詐欺という感じではなかった」「旧知の人に会いに行く様子だった」とローゼなりに補足

をしたのだが、サンスは納得がいっていない様子だ。

ローゼが落ち込んでいると、サンスはようやく我に返った様子で「いや、取り乱して申し訳ございませんでした」と頭を下げた。

「どちらにせよ、レオさまが帰ってこなければ何も分かりませんな……ローゼさまが先に話してくださったおかげで、私にも心の準備ができたというものです。突然聞いたら衝撃でそのまま天に召されていたかもしれません」

ローゼを励ましてくれているのかと思いきや、サンスは至って真顔だった。

ハーブティーをひと口飲んで「美味しいですな」と微笑んでから、優しげな目を閉じる。

「詐欺でなく、本当にレオさまご自身が決めて屋敷を手放すなら……それはそれで良いのです。むしろその方が……あの方の幸せなのかもしれないと思ったことは何度もございます」

「レオの幸せ……？」

「時々……レオさまは、この屋敷と心中しようとしているのではないかと思うことがありました。ここを手放しさえすれば、借金もなくなって他の人生も開けるというのに……」

サンスは沈痛な面持ちで首を横に振った。

「レオさまはご両親を亡くした時、同時にご自分の愛情を向ける先を失ったのではないかと思うのです。そしてこの屋敷に残る家族の思い出を愛することで、空虚さを紛らわせてきたのではないかと……ですからローゼさまを愛したことで屋敷を手放す決意をしたというのなら、私はそれでもいいと……」

　ローゼは瞳を揺らした。

　レオをずっと見守ってきたサンスの言葉だ。きっと本心なのだと思うし、だからといって本当に「手放した方がいい」と考えているわけではないと分かる。

　今はもう借金はないのだ。レオが苦労して守ってきた家で、いつまでも幸せに過ごして欲しいというのが本音であるはず。

　そしてその気持ちはローゼも同じだった。

　レオにはこの屋敷を大切にして欲しい。朝は急に言われたこともあって混乱してしまい、詳しく聞くこともできなかったけれど、帰ってきたらちゃんと話をしようと心に誓った。それが間に合いますようにと、今は祈るばかりだ。

「レオは……どのような子供だったのですか？」

　思えば、こうしてサンスと二人きりで話す時間はこれまでなかった。

　ちょうどレオの過去が話題に上ったので、ずっと聞きたかったことを訊ねてみる。サンスは僅かに眉を上げると、すぐに嬉しそうな笑みを浮かべた。

「そうですね……今とあまり変わりはありませんよ。子供の頃からずっと優しい方です。いつも自分のことより他人のことばかり考えて……それはロスティールド家の方は皆さまそうですが。何ごとも器用で、要領もよく、子供の頃から大抵のことは一人でできました」

興味深く頷くローゼに、サンスは「そうだ」とリビングの隅を指さした。

「昔はあの場所にピアノがありました。奥さま……レオさまのお母君が得意で、よく弾いておられました。レオさまはいつもすぐ近くで嬉しそうに聞いておられましたよ。ピアノはまだご両親がご存命の時に売ってお金に換えてしまわれましたが……レオさまがお一人になってからも、あのピアノがあった場所でよく座っておられたのを覚えています」

「ピアノを……」

「そうだ、あちらのカーテンがあるでしょう。あそこはよくレオさまが悪戯をした後に隠れておられました」

レオの悪戯は子供にしても可愛いもので、父の帽子を持って隠れ、見つけてもらっては喜んでいたという。今も非常に整った容姿をしたレオだから、幼い頃はきっと天使のように可愛らしかったはず。

そんな小さな彼がリビングで家族と団らんをしていた時間に思いをはせ、ローゼはきゅっと唇を横に結んだ。やはり、レオに屋敷を手放させてはいけない。

そして、ローゼも彼と一緒にこの家を守っていくのだ。

――ちゃんと、話をしなくちゃ。

あらためてそう決意する。

その後も色々とレオの話を聞いているうちに、気づけば日が暮れていた。

二人で食事の用意をし、夕食を取った後は別れてローゼは自分の部屋へ戻った。

湯浴みをし、寝支度を整えて主寝室へ向かう。ローゼの部屋にもベッドはあるが、ここしばらくはずっと夫婦の寝室を使っている。そちらのベッドにはレオの香りが残っているから、一人でも安心して寝られる気がしたのだ。

ベッドに入ると、ローゼは薬指の指輪を握り締めて体を丸めた。

――レオは、明日の朝までに帰ってくるって言っていたわ。

なら、夜のうちに帰ってくることもあるかもしれない。

そうなってくれたら嬉しいのに。そんなことを思いながら目を閉じる。

きっと眠れないだろうと思っていたが、気がつけばうとうととしていた。

自分が思うより疲れていたのだろう。

「ローゼさま！」

だが、それからいくらも経たないうちに、けたたましく扉を叩く音がした。

何事かと飛び起きて扉を開くと、血相を変えたサンスが立っている。

「火事でございます！」

「火事？」

ローゼは声をひっくり返した。

慌てて周囲を見渡す。火は見えないが、確かに煙くさい気がした。

「納屋から火の手が上がっていて、とても一人二人で消せる勢いではございません！　すぐにこちらにも燃え移ってくるはずです、急いでお逃げください！」

「納屋から⁉」

なぜそんなところから火が出たのか。

狼狽えるローゼの腕を、サンスが強く引っ張った。

「原因は後で考えましょう、まずは安全なところにお逃げください！」

「ですが……火を消さなくては！」

ローゼは思わず叫んだ。

――だって逃げるだなんて……この屋敷はレオの宝物で……。

彼の思い出と愛情が詰まった、大切な場所。

ついさっき、ローゼもこの家を守っていくのだと誓ったばかりだ。

レオは「手放すかもしれない」と言っていたが、だからといって燃えていいはずはない。

それもレオのいない時にだなんて――。

「わ、私、とにかく、水を汲んで納屋に向かいます……！」

咄嗟《とっさ》に走りだそうとしたローゼの手を、サンスが摑んだ。

「レオさまがもっとも大切に思われているのはローゼさまです！　家を守ろうとしてローゼさまに何かあれば、どれほど悲しまれることか！　レオさまに屋敷を恨ませるようなことだけは、決してなさってはなりません！」

レオに屋敷を恨ませてはいけない――その言葉にローゼはハッと我に返った。

屋敷を守ろうとしてローゼにもしものことがあれば、レオはどれほど嘆き悲しむか。

それに危険なのはローゼだけではない。自分が火を消すと言えば、サンスも放ってはおかないだろう。彼を巻き添えにすることも避けなくてはならない。

――冷静にならなくては。

まずは安全なところへ逃げて、カカラタ村の人に応援を頼むのだ。

ローゼは頷くと、一度ベッドへ戻り、枕元に忍ばせたナイフを掴んだ。カバーのついた小さなナイフは、ベッドで眠るようになってからずっとここに隠してあったものだ。

レオには護身用と説明していたが、本心は、もしもあの地下に戻されるようなことがあれば、その前に死ねるようにという心の拠《よ》り所《どころ》だった。

昨夜、レオに全てを打ち明けた後はもう必要ないと思った。実際に、今もナイフを取りに戻ったのは、納屋からの火事が誰かの放火だったらいけないと考えたからだ。

そんなことはないと信じたいけれど、他に納屋から出火する原因が思いつかない。

もしもに備えて、護身用の武器はあった方がよい。

ローゼは息を呑んでナイフを胸元に忍ばせると、急いで部屋を飛び出した。

どんどん強くなる煙の臭いに、胸を焼かれるような思いで廊下を走る。

そして屋敷を飛び出した瞬間、ローゼはさらに顔を青ざめさせることになった。

「ああ、出てきた出てきた！　このボロ屋敷を全部探して回るのは面倒だったのよ。やっぱり、薄汚いネズミはあぶり出すのが一番だわ」

月のない夜、角灯の明かりに照らされて立つのは、嫌になるほど見知った女性。

波打つ豊かな黒髪を外套のフードに隠しているが、その派手な作りの顔は見間違えようがない。

「……お義母さま？」

ローゼは後ずさった。

なぜ義母がここにいるのかなど、考えるまでもない。

――私を捕まえに来たんだ！

突如として現れた恐怖の象徴に、心臓が破裂しそうになる。

義母の周りには武装をした傭兵《ようへい》らしき男が十数人も立っていて、思わず細い悲鳴が漏れた。

息ができない。膝から力が抜け、目の前が真っ白になる。ローゼはそのまま卒倒しかけたが、すぐに今もっとも危険が迫っているのが誰かに気づいてハッと背後を振り返った。

「サンスさん……！」

サンスはすでに玄関先で倒れ込んでいた。すぐ側に立つ男にやられたのだろう。男は剣を抜いておらず、血溜まりもないので、おそらく殴られて気絶をさせられたのだ。

ローゼはたまらずに悲鳴を上げた。急いでサンスに駆け寄ろうしたが、アラソネに腕を捕まれてしまう。

「素晴らしいわ、ローゼ。お前を診察させていた医師からの報告通り、本当に容姿が若返っているじゃないの！」

「離して！」

「ロスティールドとかいう下級貴族のせいでこの国に住めなくなったのは忌々《いまいま》しいけれど、お前に魔力を戻してくれたことには感謝するわ。これでまた魔石が採れるし、お前を孕ませたいという男だっていくらでもいるでしょう」

アラソネの真っ赤な唇から発せられる言葉に、ローゼは耳を疑った。

今さら彼女の残酷さに驚いたわけではない。ローゼの血の秘密は、これまでアラソネと術士、そして亡くなった父の間で厳重に守られてきた。妹ですら、ローゼが地下室に閉じ込められている本当の理由は教えられていなかった。妹が地下に来ていたのは単にローゼの感情を揺さぶるためで、扉を開いて室内に入ってくることはなかった。

だというのに、明らかに他者がいる場所でローゼから魔石が採れると言葉にするとは。

何か大きく、彼女らの事情が変わったのは間違いない。昨日のレオとの会話が脳裏をよぎるが、今は深く追及している場合でもないだろう。

「……離してください！」

ローゼはきゅっと唇を真横に結ぶと、全力でアラソネの腕を振り払った。そして、胸元からナイフを取り出す。

連れ戻されそうになったら自分で命を絶とうと、いつも枕元に用意していたナイフ。

——でも、死なない。

レオは、ローゼを守ると約束してくれた。サンスはレオを「お人好しだ」と言うけれど、ローゼは彼をとても頭の良い人だと思っている。彼がいれば、この状況でもきっと何か活路を見つけてくれるはずだ。

ローゼはナイフのカバーを投げ捨てると、その切っ先を自分の喉に当てた。

「それ以上私に近づくようなら……私はこれで自分の喉を貫きます」

きっぱりとした口調で言い切る。

アラソネたちがもっとも恐れるのは、血を絞り取る前にローゼが死んでしまうことだ。あの地下でも、ローゼが自死できないように細心の注意が払われていた。もっとも、途中で自死する気力すら失ってしまっていたけれど。

少しでも時間を稼いで、レオが帰ってくるまで自分の身と、サンスの命を守るのだ。

だがローゼの決死の覚悟を、アラソネは軽く鼻で笑い飛ばした。

「……心も元気になったのね、ローゼ。とてもいいことだわ」

アラソネはまるで子供の悪戯を見守るように微笑んでから、背後を振り返って声をかけた。すると控えていた男たちの背後から、術士の女と、拘束された一人の少女が顔を出した。男たちに隠れて見えなかったが、あの少女は――。

「カカラタ村の……」

以前、魔道具の鏡でレオを見た時に、抱きついていた少女。

洗濯に行った時にも、恨めしそうにこちらを見ていたあの少女だ。

それが、どうしてここにいるのだろう。ローゼの疑問に答えたのは術士の女だった。

「この屋敷の周囲に結界が張られていて、許可された者以外は近づけんようになっておったのよ。たかが血族ごときがいったいどうやったのかは知らんが、あの男の仕業で間違いなかろう。まあ村の者と一緒なら入れるようだったから、この娘に案内を頼んだのだ」

術士の説明を聞いて泣き崩れたのは、村の少女だった。

「ご、ごめんなさい……！　レオさまから、しばらく屋敷に近づかないよう言われていたのに……私、この人たちが奥さまを迎えに来たご実家の方だと聞いて……それで……奥さまがいなくなればいいと思って……でも、こ、こんな……」

少女は声を震わせ、吐き出すようにそう懺悔《ざんげ》した。

アラソネたちはきっと、少し前からここに入る術《すべ》を探っていたのだろう。そしてローゼに悪感情を抱く者をひっそりと見つけ出し、つけいったのだ。

レオも気づいていなかったから、よほど慎重に行動していたに違いない。

ローゼは「ああ……」とか細い声を出して、僅かに後ずさった。

「さて、ローゼ。あなたが大人しくついてくるのなら、この娘と、そこの男……あれはここに住む血族の男ではないようだけど、まあいいわ。そこの男の命は助けてあげる」

アラソネは、レオが不在であるとは知らなかったようだ。

本来はレオと少女を人質にしてローゼに帰還を迫るつもりだったのだろう。だがレオでなくても、ローゼが自身のために誰かを犠牲にできるはずがないというのは、アラソネの目論見通りだ。

ナイフを持つ手が震える。言葉にならない声を漏らしながら、ローゼはその場に膝をついた。

——ダメだった。

レオと一緒なら、義母たちにも立ち向かえると思った。

だが現実はあまりに残酷だ。義母たちは悪辣で、ローゼの存在は大切な人を危険に巻き込むだけのものだった。

「やっぱりお前は優しい子ね。きっとまた、お前の血からはいい魔石が採れるでしょう」

そっと耳元で囁かれた言葉に、絶望の息を吐く。

ローゼはナイフを地面に落として、両手で顔を覆った。

地下での六年が脳裏に蘇り、悲鳴を上げる。

「どうして、あなたたちは、そんなに酷いことができるのですか……！」

「酷い？」

血を吐くようなローゼの訴えに、アラソネは心底不思議そうに首を傾げてから、ふふっと笑い声を漏らした。

「ああ……ああ、そう。可哀想に……。お前はまだ、自分のことを人間だと思っているのね」

アラソネはそう言うと、落ちたナイフを拾い上げてローゼの手の甲を切りつけた。

鋭い痛みに小さく声を漏らすローゼを無視して、アラソネが術士の女を手招きする。

術士は黙ってローゼの横に膝をつくと、魔道具と思われる銀の小皿を取り出し、そこにローゼの血を垂らした。すると血は魔道具の中で火花を散らして爆《は》ぜ、大粒の魔石に生まれ変わる。

「見てごらんなさい。こんな血を持つ者が、私と同じ人間なものですか。お前はね、道具なのよ、ローゼ」

自分の血が魔石になるところを見たのは初めてだった。

顔色を失うローゼに、アラソネが艶然と微笑みかける。

「道具は道具らしく、あるべき場所に戻らなくてはね」

ローゼは、アラソネに腕を引かれて立ち上がった。

人質を取られてしまっては、もうローゼにできることはない。

憔悴《しょうすい》し、抵抗をやめたローゼに、アラソネはにこりと笑って背後を振り返った。

「その娘を放しておやり。約束は守らなくてはね」

少女を拘束していた男の腕が離れる。少女は縋るようにこちらを見たが、ローゼが小さく頷くと坂を下って逃げていった。まずは彼女だけでも助かってくれればいい。

ローゼは祈るような気持ちで少女の背中を見送った。

その姿が何事もなく小さくなっていくことに、ほっと胸を撫で下ろした時――。

「ローゼ、お前今安心したわね？」

全身が凍りつくほど、残酷な声が耳に届いた。

「いいわ、その感情の落差が、上等な魔石を作るのだから」

囁かれた言葉の意味が分からない。

眉を寄せるローゼを見つめながら、アラソネは術士に向けて声をかけた。

「村を焼きなさい」

「……え？」

耳を疑うローゼの側で、術士の女が今作ったばかりの魔石を手に取った。そしてそれを別の魔道具だろう杖に嵌めると、村を見渡せる崖の方へ向かって歩いていく。

「よく目に焼きつけておきなさい、お前の血が村を燃やすところを。これから先、何度でも思い出せるように」

「い、嫌、ダメ、やめて……！」

ローゼは我をなくしてアラソネに縋りついた。

「お願いです、やめてください！　何でもします、もう二度と逆らいませんから……！」

喉が張り裂けんばかりに叫び、術士に向かって腕を伸ばす。

だが術士は当たり前のようにそれを無視すると、杖を村の方角へと向けた。次の瞬間、その杖からすさまじい火焔《かえん》が放たれる。

まるで竜のような炎が村を襲い、一気に広がっていった。

ローゼは絶叫した。

焼けてしまう。美しい村が、ローゼを受け入れてくれた優しい人々の住む村が、レオの愛した村が——。

「ろ、ーぜ、さま……」

慟哭《どうこく》するローゼの耳に、サンスの声が届いた。

ハッと振り返ると、サンスが床に這いつくばったまま、こちらに向けて腕を伸ばしている。

意識は戻ったが、動けないのだろう。ローゼは、サンスの近くに立つ男が剣を抜こうとしているのに気づいてまたも悲鳴を上げた。

——いや、やめて、もうこれ以上は……！

反射的にサンスに向けて左手を伸ばした時、ローゼは自分の薬指にある指輪に気づいた。

『その指輪にも、守護の魔術がかけられている。何かあった時には、きっと君を守ってくれるはずだ』

いつか聞いたレオの言葉が脳裏に蘇る。

この指輪を今必要としているのはローゼではない。ローゼは殺されないからだ。

ローゼは素早く指輪を抜くと、サンスに向けて放り投げた。

「サンスさん！」

指輪がサンスの指先に転がっていく。サンスの手がそれを掴むのと、側の男が剣を振り下ろすのはほとんど同時だった。

「……なっ」

淡い光がサンスの体を包み、男の剣を弾き返した。

「魔道具か……」

術士の女が振り返り、忌々しげに舌打ちをした。

「持ち主に大きな危害を加えようとすれば弾き返される、そういう魔術のかかった代物だろう。その男は屋敷の中にでも放り込んでおけばよい。屋敷が燃えている間に、守護の効果も切れるはずだ」

術士の言葉に応えて、男がサンスを屋敷の中に放り投げた。

屋敷はすでに炎に包まれている。その火の手はサンスのすぐ近くにまで迫っていた。

「サンスさん！」

サンスに駆け寄ろうとしたローゼの頭に鈍痛が走った。

背後から殴られたのだ。

その場に倒れ込みながら、ローゼはか細い手を屋敷へと伸ばした。

ああ、燃えてしまう。

レオの愛した家が、思い出が。

二人で過ごした愛しい時間が。

焼かれた木材が爆ぜる音と、轟々《ごうごう》とした炎の音が闇を裂くように響き渡り、禍々《まがまが》しい黒い煙が夜空へ吸い込まれていく。

――お願い、消してしまわないで……。

意識が遠のいていく中、ローゼは滂沱《ぼうだ》の涙を流しながら必死に叫んだ。

自分はもうどうなってもいい。どんな地獄に放り込まれても文句など二度と言わない。

だからどうか、レオの愛したものだけはこの世に残して欲しい。

「っ……！」

ローゼは地面に爪を立て、せめてサンスだけはと這い寄ろうとした。

けれど一歩も進まないうちに、殴られた頭が重たくなって瞼を閉じてしまう。

――ごめんなさい、ごめんなさい……レオ。

ローゼは全て奪ってしまう。

愛を、心をくれたレオに何も返せず、何も守れず、全てを奪ってしまう。

絶望の中闇へと落ちていくローゼの脳裏に、ただアラソネの笑い声だけがいつまでも響き続けていた。

5章　化け物

術士フーリィ・ラウは北方の国の出だ。故郷はこの国と違って魔術と縁が深く、術士も多い。アラソネとは同郷だが、そうだと知ったのはローゼのことがあってからだ。

フーリィはうんざりと幌《ほろ》馬車の外を眺めた。

馬車は暗い森の中を魔術の明かりを頼りに進んでいるが、至るところで木の根がせり出していて、尻が椅子についていている間がないぐらいによく揺れる。

もう少しゆっくり走れと文句の一つでも言いたいところであるが、大がかりに村を焼いた手前、騒ぎになる前に山を越えねば魔術師協会の追っ手に見つかってしまうのは確かだった。

ローゼの血を用いて魔石を作り続けたことが露見し、自分たちはすでに崖っぷちにいるのだ。

そしてそれをアラソネは分かっていない。魔術師協会が本気になって〝魔術師〟を自分たちに差し向けてくればどうなるのかを。

ちらと正面を見ると、アラソネは気を失って床に転がるローゼを見下ろし、上機嫌に鼻歌まで歌っている。呑気さがいっそ羨ましい。

——愚かな女よ。

フーリィはアラソネに向け、ひそかに馬鹿にした笑みを浮かべた。

ロスティールド当主から通報があり、マデリック伯爵家に国からの監視が入った時には酷く責められたが、結局アラソネはフーリィを切り捨てられなかった。術士の代わりはそう簡単には見つからないからだ。それも国家の監視下とあればなおさらに。

とはいえ、そのまま王都にいれば遅かれ早かれ処刑される。アラソネは魔道具を使って急ぎ母国と連絡を取ると『誰にも知られず〝精霊の愛し子〟を連れ去ってくることができれば、お前たちを保護する』という約束を取りつけた。そして何も知らない実の娘を屋敷に置き去りにすることで監視を油断させ、なんとか王都を逃げ出してきたのだ。

今一緒にいる男たちは、この村の近くで合流をした母国の軍人だ。

アラソネは単純に喜んでいたが、こちらが隙を見せればすぐに〝魔石の胎〟を奪われ、殺されるだろう。

フーリィは折りを見て、アラソネもこの男たちも殺すつもりでいた。

国家にローゼを奪われれば、これまでのように自由に魔石を使うことはできなくなる。それだけは避けねばならなかった。

――この娘の血は私のものだ。私だけが、この娘を有効に使える。

フーリィはぎりっと爪を噛んだ。

雇い主であるアラソネは、ローゼを金の卵を産む鶏程度にしか考えていない。

思えば、出会った時からこの女は、自分が贅沢に暮らすことしか考えていなかった。

アラソネは故郷の北国の、没落した貴族の子として生まれたという。

だがその美しさが旅商人の目に留まり、この国の子爵家の耳に噂《うわさ》が届いて、養女として迎え入れられることになった。この辺りでは黒髪の美女は珍しく、価値がある。子爵はアラソネを良家に嫁がせて縁を繋ぐつもりだったようだが、その前に自らもまた没落してしまった。

身寄りのない国に一人放り出されることになったアラソネは、伝手《つて》を使ってマデリック伯爵の愛人に収まった。黒い髪色の美しいアラソネのことを、伯爵もそれなりに可愛がった。

だが伯爵にはすでに妻がいた。伯爵が妻をどう思っていたのかを聞くことはなかったが、やはりそれなりに愛していたのだろう。伯爵は常にアラソネより妻を優先したし、それは二人の女にそれぞれ娘が生まれてからも変わらなかった。

フーリィがアラソネと出会ったのは、彼女が伯爵の愛人になって十年近く過ぎた頃のことだ。

フーリィはちょうど隣国の貴族との契約が切れたところで、新しい雇用主を探していた。その噂をどこからか聞きつけたのだろう。アラソネはフーリィの顔を見るなりこう言った。

『ねえ、お前。誰にも知られずに人を殺すことはできる?』

愛人であることに飽いた女は、本妻を殺して、自分がその座に収まろうとしていた。

フーリィは『道具を揃えていただければ』と答え、アラソネは新しい雇用主となった。

だが結局、フーリィが伯爵の妻を殺すことはなかった。

雇用されてすぐに妻の病気が発覚し、わざわざ手を下す必要がなくなったからだ。

まんまと伯爵夫人の座をせしめたアラソネは、初めて面会したローゼの髪や瞳の色を見てフーリィを呼び寄せた。

義理の娘が故郷の昔話に出てくる〝精霊の愛し子〟かもしれないという話を、フーリィは初め、まともに信じてはいなかった。だが試しに血を一滴手に入れてみると本当に魔石を作ることができたのである。

アラソネは歓喜し、すぐに伯爵の懐柔を始めた。

ローゼの血から魔石を作ることができる。少量ずつでも血をもらえれば伯爵家に莫大な財産を作ることができると言えば、反対はされなかった。

そして伯爵の名義で魔石を一つ売った後に、このことが他に知られれば伯爵家は取り潰しになると教えて脅し、娘を地下に閉じ込めたのである。

娘を隠したことを世間や社交界から誤魔化すのも、あの男は上手くやってくれた。

その後魔石は足のつかないルートで少量ずつ流したが、伯爵は途中で怖《お》じ気《け》づいた。もしくは良心の呵責《かしゃく》にでも耐えきれなくなったのか、国家に罪を告白しようとしている手紙を見つけたので、フーリィが殺した。全く、あれも本当に、どうしようもなく愚かで馬鹿な男だった。

――誰も彼も、この娘の血の本当の価値に気づいておらんのだ。

ローゼの真価は、富を産むことなどでは決してない。

血を採り、子を孕ませ、その娘からも血を採り、また子を孕ませる。そうすれば無限に近い魔石を作ることができる。それは魔術師ではない者が魔術師に抗うための、唯一無二の術だというのに。

フーリィは過去に、何人かの魔術師に会ったことがある。

彼らは皆、化け物だ。あれは人間ではない、魔物なのだ。

根底から〝人〟とは在り方が違うのである。

魔術師は、生まれながらに膨大な量の魔力を持っている。さらに、まるで火山の溶岩のように魔力を生み続けるのだ。また血に刻み込まれているとでもいうかのように、無数の術式を学ばずとも理解しており、道具はもちろん、手順も、法則すら無視して魔力を放つことができる。

その瞳で見つめるだけで人を消し炭にし、手をかざすだけで町を消し去る。

そんな生き物を、化け物と呼ばずに何と呼ぶのか。

魔術師の目は赤い。そして凶暴で、冷酷で、残忍だ。それが魔術師という生き物の性《さが》なのか、力を持つ者の傲慢さなのかは知らない。

だが、彼らの存在は正しくない。それだけははっきりしている。

フーリィはかつて魔術師に出会い、魔術を行使するところを目にし、激しい憤りを覚えた。

只人がその生涯を懸けてもたどり着けない場所に、生まれながらに立つ万物の王者。

不公平だ。不平等だ。あんなものは正しくない。

同じ魔術を扱う〝人間〟であるというのなら、彼らと自分に、なぜこれほどの差があるのか。

――だが無限の魔石があれば、私は魔術師に並ぶことができる。

扱う魔力の量に差があるから、自分は魔術師になれないのだ。

〝魔石の胎〟に魔石を産ませ続ければ、フーリィだってその高みへ行くことができるはずだった。

そんなことを考えていると、急に馬車が停まった。

周囲は森で、まだ村からさほど走ってきていない。

「いったい何があったの」

アラソネが訊ねると、御者は「前の馬車が止まったので」と答えた。

馬車は全部で三台あり、自分たちの前後を軍人たちが乗る馬車が守っている。

その先頭の馬車が突然停まったのだという。

仕方なく、フーリィは馬車を降りて前方の様子を窺った。

夜だが、魔術の明かりがあるので見通しは良い。

何があったのかと目を凝らすと、前の馬車の、さらにその先に男が一人佇《たたず》んでいた。

――あれは？

それが見覚えのある顔だと気づくのに、フーリィは少し時間がかかった。

男から受け取る印象が、以前と全く違ったからだ。

――ローゼを預けた、ロスティールド家の男か。

いったいなぜ、あの男がここにいるのか。

だがその理由よりも、男の様子の方が気になった。

前に会った時はいかにも人の良さそうな、御しやすそうな男だった。

だが今、夜風に金色の髪を靡《なび》かせて立つ姿はまるで別人のようだ。

表情は静かで、ただ立っているだけだというのに、ぞくりとするほどの恐怖を見る者に与える。

きっと、全身からこの男の持つ生来の冷酷さが滲み出ているのだ。

その――まるで悲しげに細められている瞳は、真っ赤に光り輝いていた。

「馬鹿な……。なぜだ、そんなはずはない……！」

フーリィは、腰が抜けそうになるのを堪えて後ずさった。

「お前は……お前はっ……！　魔術師ではなかったではないか！」

震える腕を上げて男を指さす。

そうだ、フーリィは直接この男に会っているのだから間違いない。前回会った時、男は間違いなくただの血族だった。目の色ははっきりと青く、魔術師特有の冷酷さもこの男にはなかった。

だが男はフーリィの問いかけに答えることなく、静かに先頭馬車の中を見つめている。フーリィも、そこでハッと気づいて馬車を見つめた。大型の幌馬車の中には、軍人の男が十人ほど乗っているはずだ。なぜ降りてこないのか。

慌てて馬車の後ろから中を覗き込むと、そこには誰もいなかった。代わりに、座席や床に灰のようなものが落ちている。

「ヒッ」

とうとう、フーリィは地面に尻をついた。

――殺したのか。

この一瞬で、虫も殺さぬような顔をして、音もなく。

「ま、魔術師め……！」

這うように後ずさる。だが男は、その時にはすでにフーリィのすぐ隣にまで移動していた。

恐る恐る顔を上げると、血だまりのような深い赤色の瞳と視線が合った。心臓を握られたのだ。

もはや悲鳴すら出ないフーリィに向かって、男は不気味なほど静かな表情で首を傾げた。

「ローゼはどこにいる？」

◇◇◇

朝、カカラタ村を発ったレオは、山向こうの町に住むサンスにローゼのことを頼んだ後、南へ向かって馬を走らせた。途中の町で馬を乗り換え、さらに日が暮れるまで走り続けると、やがて深い森にたどり着いた。

森深くにある大樹の、太い幹の上に小さな家が建っている。その屋根の上に一羽の鳥が留まっているのを見て、レオは目を細めた。あれはレオの先生――魔術師ローラン・ファリスクが昨夜、レオの屋敷に寄越した鳥だ。鳥自体に魔術がかけられていて、触れると同時にレオの脳裏にこの場所の地図が流れ込む仕様になっていた。今も、その地図に従ってここまで来た次第だ。

——どうして、わざわざこんなに面倒な場所に住むんだ。自分が飛べるからって、来訪者のことを微塵《みじん》も考えてない。

げんなりしつつもなんとかよじ登って家の前に立つと、ギィと勝手にドアが開いた。

——来てることに気づいてるなら、ドアを開けるより、登ってくる方を助けてくれたらいいのに。

ひたすら心の中で文句を言いながら、中を覗き込む。

「ローラン先生、レオです」

一応声をかけると、散らかった部屋の隅っこで椅子に座る男の背中が見えた。いや、背中というより黒い塊だ。長い黒髪が床にまで伸びていて、そういう生物に見える。きちんとした身なりをすれば息を呑むほどいい男なのだが、残念ながらきちんとすることはめったにない。

——相変わらず生活力ゼロだな。

基本的に、魔術師はおかしな人間が多い。変人ならまだ良い方で、半数ぐらいは狂人としか言えない人物だ。理《ことわり》を外れた力と知識を持つ故に、頭のネジが何本か外れてしまっているのだろう。

そんな失礼なことを考えていると、ローランがこちらを振り向いて、挨拶もなくこう言った。

「だから言っただろう、お前は絶対にまたオレに会いに来るって」

レオは答えず、中に入って扉を閉めた。

ローランも気にせずに言葉を続ける。

「魔術師が、魔術を捨てられるはずがないんだよ、レオ」

「……そうですね」

長い前髪の向こうから、勝ち誇ったように見つめてくる赤い瞳に、レオはただ頷いた。

思い出すのは、レオがまだ魔術師であった子供の頃のこと。

レオが魔術師であることは、生まれてすぐに判明した。瞳が赤かったからだ。血族の家系ならば、それが魔術師の証だと誰でも知っている。

両親はすぐ、国と魔術師協会にレオのことを報告した。

そして四歳の時、ローランに引き合わされた。魔術師が魔術師として生きるための決まりを教え、それを監視する役目を負った『先生』だ。

『魔術師は、生まれた国に留まることを許されない。もちろん爵位や、家名も継げない。十歳になれば、お前は今の家を出てオレと来てもらう』

はっきりと嫌だった。レオは家族と、生まれた村を愛していた。

同時に、魔術に取りつかれてもいた。ローランのいないところで魔術を使うことは禁じられていたけれど、魔術のことを考えているだけでも楽しかった。

だから結局、自分はいつかこの人と共に行くだろうと思っていたのだ。

六歳のあの日、両親が事故で亡くなるまでは。

レオがローランと共に行けば、ロスティールド家を継ぐ者はいなくなり、家名も屋敷もなくなってしまう。魔術師でも、たまに家に帰ってくることは許されている。けれどレオには、その帰る家もなくなってしまうのだ。

レオは寂しさに耐えられなかった。試しにローランに『魔術を使えないようにすれば、ここにいてもいいかな』と聞いてみると『そんな前例はないから知らないが、魔力を封印したら別にいいんじゃないか。いや、知らないけど』と適当なことを言ってきたので、それで押し通した。

そして約束の十歳の日、ローランはレオの魔力を封印した。自身の魔力を使って魔術を行使したり、自分が魔術師であることを口にしたりすれば、全身の血液が蒸発して死ぬという封印を背中に刻み、レオはそれからずっと魔術師の血族として生きてきたのだ。

その封印を施す時のローランの言葉を、レオは今もよく覚えている。

『お前はいつか必ずオレに泣きつきにくるぞ。魔術師は、死ぬまで魔術師だからな』

確かに、その通りになった。

ローゼを愛したその時から、レオの大切なものが変わった。

彼女を守りたい。守り続けたい。そう思った時、レオは驚くほど簡単に、それ以外の全てを捨てることを選んだ。

あれほど大切にしていた屋敷にも、思い出にも、今は未練はない。

「なあ、レオ。断言してもいい、お前はオレが知っているどんな魔術師より、飛び抜けて狂っている」

楽しげな師の声に、レオはふっと意識を現実に戻した。

「オレたち魔術師は、例外なく人として壊れている。そしてお前が壊れているところは一番質《たち》が悪い」

ローランは椅子から立ち上がってこちらに歩み寄ると、レオの胸を指でぐっと突き差した。

「お前は子供の頃から、愛情のタガってやつが壊れているんだ。確かにお人好しなのは家系だろうし、お前は良い奴《やつ》さ。だけど、それにしたってお前の愛情とか、愛着って奴は異常だよ」

「……先生が何にもこだわらないだけでしょう？」

「いいや、賭けてもいい。お前は狂ってる。魔術師が魔術を捨てるぐらいに」

ローランが、レオの顔を覗き込む。

「誰にでも優しく、愛情深い。なあ、そんな奴が誰か一人を深く愛した時にどうなると思う？　単に他の人間を雑に扱うようになるのか？　いいや、違うな」

一対の赤い瞳が、レオが丁寧に被った『人の皮』を剝ごうとする。

レオは静かにその瞳を覗き返した。

「……どうなるんです？」

「その一人のために、誰より残酷になるのさ」

髪の間から覗くローランの形の良い唇が、にっと歪《ゆが》んだ。

「お前は、たった一人の女のために世界を滅ぼせる。そういう男だよ、レオ」

そう言ってローランの指が胸から離れた時、レオは自分にかけられていた封印の魔術が解かれていることに気づいた。何となく両手を動かして見ながら、軽く微笑む。

「……大丈夫ですよ。そんなことをしなくて済むように、大切に守るつもりです」

必要であれば、きっと自分はそうするだろう。

そんな確信を持って言うと、ローランが愉快そうに笑った。

「さて。お前には今この瞬間から、ロスティールドの名前は捨ててもらう。今いる協会の魔術師は確か七人……いや、この間一人死んだような気もするから六人か。魔術師協会の、新しい七人目の人員に新しい名前がいるな。どんなのがいい、希望はあるか？」

「何でもいいです、急いでいるので……」

のんびりと会話をしだすローランに、レオは少しイラッとしてそう言った。

力を取り戻した今は、一刻も早くローゼのもとに帰らなくてはならない。

マデリック伯爵家のことは魔術師協会が動いているはずだが、それに気づいて先に王都を逃げ出し、ローゼを攫いに来るということも考えられないことではない。

ロスティールドの屋敷には有り金をはたいて買った魔石の欠片で結界を張ってあるが、その程度の魔力ではたいしたものはできなかった。

「でも新しい名前はいるだろう。……そうだな、カーヴァインなんかはどうだ？」

ローランは辺りを見渡し、目についた本の作者から適当に取ったのだろう名前を口にした。急ぐレオが「それでいいです」と頷くと、ローランは満足そうに頷いた。

「決まりだな、レオ・カーヴァイン。それがお前の新しい名前だ」


そして──今、魔術師レオ・カーヴァインは森の中に佇んでいた。

見下ろす先には、青ざめた顔の術士の女がいる。

老年に見えているが、それが幻術の類いであると今なら分かる。実際の年齢はもっと若いはずだ。

「ちょっと、何があったの？」

声が聞こえて、レオは後ろの馬車に視線を移した。そこから降りてきたのは、黒髪の女と、その護衛だろう男が一人。女は特徴からして、ローゼの義母のアラソネだ。

またさらにその後方からは、馬に乗った男が数人こちらに駆けてくるのが見えた。きっと馬車の後ろを守っていた者たちだろう。

レオは、アラソネのすぐ後ろに立つ男をじっと見つめた。その男の腕に、ぐったりとした様子のローゼが抱きかかえられていたからだ。

「ローゼ……」

愛する妻の姿に、レオはほっと胸を撫で下ろした。彼女を殺すことは絶対にないと分かっていたが、大きな怪我もなさそうだ。

アラソネはそこでようやくレオが誰かに気づいたらしく、醜悪な笑みを浮かべた。

「ああ、ああ……そう。お前が、ローゼの夫ね？　よく追いついたわね、褒めてあげるわ」

レオが魔術師であることにまだ気づいていないのだろう。

自分が優位であると信じて疑わない様子で、アラソネが言葉を続ける。

「本当は、あなたを殺すところをこの子に見せてあげたかったのよ。だけどしばらく目も覚まさなそうだし……せめて起きた時に首だけになったお前を見せて、びっくりさせてあげ……」

甲高い声で勝ち誇るアラソネの言葉は、そこで途切れた。

じゅっと焦げるような音がアラソネの背後から響き、同時にローゼがレオの腕の中に収まったからだ。

「……は？」

アラソネは大きく瞬きをした後、はっと背後を振り返った。だが、そこにいたはずの男はもう存在していない。代わりに、灰が風に流れていく。

レオはその全てを無視して、腕の中のローゼを見つめた。

――良かった、気を失っているだけみたいだ。

手の甲に切られたような傷があるのが気になるが、怪我を受けてすぐなら魔術で治せる。痕も残らないだろう。

「……何をしたの？」

アラソネは、まだレオの正体が分からないらしい。だが普通はそんなものだ。魔術師など、そういるものではないのだから。

何も答えないレオに、アラソネは発狂したように背後の男たちに声をかけた。

「あいつを殺しなさい！」

さすがに、男たちは今の状況がただ事でないと気づいたらしい。少なくともレオが〝魔術を使う何者か〟であることは悟ったのだろう。慎重に距離を取りながら、レオを取り囲んでいく。

レオはぐるりとそれを見渡した。

その瞬間、男たちの体を炎が包み、揃って馬から転げ落ちる。

悲鳴を上げる彼らに、レオはもう一度術を重ねて息の根を止めた。

——ぼくに人が殺せるかと悩んだこともあったけど、杞憂《きゆう》だったな。

灰になる男たちを見つめながら、ぼんやりとそんなことを考える。

レオはこれまで、人を殺《あや》めたことはもちろん、殺めたいと思ったことすらなかった。

そんな自分に、果たして本当に人を殺せるのだろうか。

ローゼを守るために魔術師に戻ると決めた時、レオが悩んだのはそこだった。

けれど、どうやら全ては杞憂だったらしい。

自分は息をするように人を殺せた。迷いも、躊躇いも、動揺もなく。

レオは、これでも自分には良心があると思っている。人を殺すと、やはり心は痛む。今殺した男たちにも事情があったのだろうし、家族もきっといただろう。それをきちんと分かって、心を痛めた上で、自分は人を殺せたのだ。そしてこれからも殺し続ける。

それが、たった一人の愛する人のためならば。

結局は全部、ローランの言う通り。レオも、他の多くの魔術師と同じように狂っているのだ。きっとずっと、生まれた時から、そういう人間だったのだろう。

そして、そのことに何の衝撃も感じていない。

ただ、ローゼを守る力があって良かったと安堵するだけだ。

レオはとても落ち着いた気分で、アラソネに視線を戻した。

「今、この場にいる者は全員殺してしまっていいという許可が協会から出ている。あなたたちにも死んでもらわなくては」

アラソネと一緒にいた男たちは明らかにこの国の者ではなかったが、まあ構わないだろう。

どうせ捕らえたところで、取り調べをする人員など協会にはいないし、レオにもそのつもりはない。

たとえば背後に黒幕がいるとして、これで引き下がるならそれでいいし、また仕掛けてくるならその都度始末するだけだ。

目的の達成までに立ち塞がる敵は全て抹殺する。

それが魔術師というものだ。

「ローゼが笑って過ごせる世界に、あなたたちの居場所はないのだから」

レオの言っていることが冗談でも脅しでもないと分かったのだろう、アラソネは腰を抜かし、縋るようにこちらに手を伸ばした。

「ま、待って、分かったわ。あなたもローゼの血が目当てなんでしょう⁉　仲間に入れてあげるわよ、私ならあの子から上質な魔石を採れ……あぁっぁああああ！」

とても最後まで聞くに堪えず、レオはアラソネを睨みつけた。

ゴォッと風の舞い上がる音がして、アラソネの体が燃え上がる。

その時、背後から魔術の気配を感じてレオは振り返った。

「こちらにも魔石があるのだ！　相手が、ま、魔術師といえどもそうそう後れは取らんわ！」

術士が叫び声を上げながら、こちらに向けて炎を放つ。まさしく竜炎というに相応しい勢いの炎を、レオは微動だにせずかき消した。

「はっ？」

一矢報いる自信ぐらいはあったのだろう。あっけなく術を消された女が、間の抜けた声を漏らす。

レオは、哀れみを込めてその姿を見つめた。

「……魔術師は、魔術師にしか殺せない。あなたも術士ならそれぐらい知っているはずだ」

術士は、絶望を隠そうともせずその場に崩れ落ちた。

それから、狂ったように笑い声を上げ始める。

「わ、私たちを殺したところで、その娘が平穏に生きられるものか！　すでに〝魔石の胎〟がこの世に生まれ落ちたことを大勢の人間が知っている！　その娘は、必ずまた地獄に引き戻される！」

――そうだろうな。

レオは否定をせず、ただ心の中で頷いた。

ローゼの血にはそれだけの価値がある。危険を冒してでも、彼女を手に入れて富を築きたいという人間はいくらでもいるだろう。

だからレオは、彼女の炎になると決めたのだ。

ローゼを取り巻く世界が地獄だというのなら、レオはさらなる地獄の炎火となってそれを焼き尽くす。

たとえばそれが世界だというのなら、なるほど、確かに自分は世界を滅ぼすだろう。

彼女のための、小さく平穏な箱庭を守るために。

「……さようなら。いずれまた、落ちた地獄で会いましょう。フーリィ・ラウ」

名前を呼ぶと、術士がさらに顔を歪めた。

彼女の名前は魔術で隠されていた。魔術で隠されているものは、レオには何でも見える。

「……化け物め」

正体を暴かれて、レオは微笑んだ。

その瞬間、術士の体が燃え上がる。

だが、そこでふとレオは違和感に気づいた。術士の体が消えていくのが遅い。首を傾げてから、すぐに「ああ」と頷いた。自動で発動する、身を守るための魔術をかけているのだろう。ローゼの指輪にかかっていたような守護のものではなく、回復の魔術である。

ローゼの背中にあるような古い傷痕はどうしようもないが、傷を受けてすぐなら魔術で回復ができる。かなりの魔石を使っているのだろう、強い効果が発揮されているようだが、そのおかげで苦しみが長引いている。

振り返ってみれば、アラソネも同じように苦しんでいた。

さらに強い術を使うか、その回復の魔術自体を解除してやれば楽に死ねるだろうが――。

レオは、回復の魔術から香る、ローゼの魔力の匂いに目を細めた。

――これは、ローゼの苦しみだ。

放っておいても、燃えている間に回復の効果は消えるだろう。

レオはローゼを抱きかかえたまま二人に背を向けると、空に向けて舞い上がり、そのまま二度と振り返ることはなかった。

6章　精霊の愛し子

左手に温もりを感じる。

だからだろうか――酷い悪夢を見ていた気がするのに、今はとても好い心地だ。

水底から浮かび上がるように意識を取り戻したローゼは、うっすらと目を開いた。

「……レオ？」

真っ先に視界に映ったのは、ベッドの隣で腰かけ、心配そうな表情を浮かべる夫の顔だった。

ぼんやりと名前を呼ぶと、レオがほっと息を吐く。

「良かった……なかなか目を覚まさないから心配したよ」

「ここは……？」

意識を失う前のことがはっきりせず、ローゼは軽く頭を押さえながら周りを見渡した。

見知らぬ部屋だ。雰囲気からして宿の一室に見える。自分たちの他に人はいないようだが……。

「隣町の宿だよ」

「隣町……？」

カカラタ村から一番近い町でも山を越えなくてはならないのに、なぜ。

混乱していると、レオの長い指がそっとローゼの頬を撫でた。

「……帰りが遅くなってごめん。君に、辛い思いをさせてしまった」

何の話だろうと首を傾げてから、ローゼはひゅっと喉を鳴らし、慌てて体を起こした。

そうだ、大変なことが起きたのだ！

「レオ！　や、屋敷が、村が！　燃えて……サンスさんも！　い、急いで帰らないと……！」

「大丈夫だから、落ち着いて」

掴みかからん勢いのローゼを、レオは冷静にベッドへと押し戻した。

「でも……！」

「大丈夫。村の火は消えたし、サンスも無事だ」

信じがたい気持ちで「本当に？」と訊ねる。

「本当だ。ぼくは、あの指輪の効果が発動する気配を感じて、慌てて帰ってきたんだ。たぶん、君が攫われたのとほぼ入れ違いだと思う。サンスは確かに危ない状態だったけど、すぐに助け出して治療をしたから、もう心配はない。自宅に送り届けて、後を息子さんに頼んできた」

「……村はどうなったのですか？」

「火は消したよ。あれは魔術の炎だったから、ぼくの力ですぐに消し去れた」

ローゼは今度こそ耳を疑った。息を呑み、忙《せわ》しなく瞳を揺らす。

「レオが消した……？　では……屋敷も無事なのですか？」

「屋敷はダメだった。あちらは普通の火を使われていたから、君を追いかける方を優先して間に合わなかった……でも、それはもういいんだ」

レオは何でもないことのようにそう言ってから、説明を続けた。

ローゼを救い出した後、レオはすぐにカカラタ村へ戻ったのだという。

突然の火災に見舞われた村は大混乱となっていたが、幸い死者はいなかった。火傷《やけど》を負ったり、逃げ出そうとして怪我をしたりした人は多くいたが、それは全員、レオがかすり傷一つ残さずに癒やしたのだと――。

「家屋や施設の被害は甚大だったけど、ひとまず皆の命が無事だったことにカカラタ村の人たちも安堵したようだ。後のことは夜が明けてから確認しようと、村の人たちは無事な建物に集まって、もう休んでいる。ただ、ぼくらの休むところがなかったから、こうして隣町まで宿を取りに来たんだ」

一連の話を、ローゼは息を凝らして聞いていた。

彼の話す言葉は分かるが、内容はとても理解しがたい。火を消すのも、サンスや村人を助けるのも、普通の人間には到底不可能なことだ。

ローゼは窓の外に視線を向けた。空はまだ暗く、ローゼが丸一日寝ていたというのでもなければ、あれからまだそう時間も経っていないはず。そんな短時間でレオはサンスを自宅まで送り、隣町にこの宿を取ったというのか。

——いったいどうやって？

驚愕《きょうがく》と戸惑いを覚えながらレオに視線を戻したローゼは、そこでようやく、彼の瞳の異変に気づいた。

「レオ……その目……」

ローゼは驚きのあまり、思わず両手で口を覆った。

——どうして……。

よく晴れた日のカカラタの湖面のように澄んだ青色をしていたレオの瞳が、血溜まりのように赤くなっている。

まさか目を怪我したのかと思ったが、それなら白目のところも充血するはず。

動揺するローゼに、レオは困ったような表情を浮かべた。

「……魔術師の目は赤いんだ」

「え？」

「これまで話せなくてごめん。ぼくは……魔術師なんだ」

レオは頭を下げると、言葉を選ぶようにして自分のことを語り始めた。

魔術師として生まれたこと。ローランという先生がいたこと。魔術師は生まれた国に留まれないこと。

だからいずれは師であるローランと共に行くはずだったけれど、両親が亡くなったことで考えが変わり、魔術を封印する代わりに爵位や屋敷を継いだこと。今はすでに魔力の封印を解いてもらっていて、継いだ名前も捨て、これからは魔術師として生きていくということ。

最後の一言に「相談できなくてごめん」と付け加えられて、ローゼはとうとう我慢ができなくなって涙をこぼしてしまった。

「嘘つき」

ローゼは上体を起こすと、とん、とレオの胸を両手で叩いた。

「やっぱり……私のためなのではないですか……」

レオに屋敷や村を捨てる決断をさせたのは、想像した通りローゼが原因だった。

ローゼを守るために、その力を手に入れるために、レオはずっと守ってきた宝物を捨てたのだ。

レオが魔術師に戻ることを選んでくれたから、ローゼもサンスも、村の皆も助かった。それは間違いない。けれどローゼが彼のもとに嫁いでこなければ、そもそも何も起こることはなかった。

いったい、どう償えばいいのか分からない。

両手で顔を覆って俯くローゼを、レオがその胸に引き寄せた。

「……ぼくのためだと言っただろう」

「だけど……」

「ローゼ、ぼくは確かに、あの屋敷を大切にしていた。だけどそれは……両親との思い出が残っている場所だからという意味合いが強かったと思う」

当然ではないか。

亡くなった大切な人との思い出を大事にしたいと思うのは、当たり前の感情だ。

「だけど、結局……魔術師は魔術師としてしか生きられないんだ。それを捨ててしまえば、あとは抜け殻しか残らない」

「レオ……」

「だけど思い出以上に大切な人ができて……両親よりも愛する人に出会えて……ようやくぼくは救われたんだ」

噛みしめるように囁く言葉は、きっと本心だろう。レオはこんな時に、嘘の言葉で誤魔化すような人ではない。

そしてその決断に、葛藤がなかったはずもない。

胸が潰れるように苦しかった。涙が止まらず、鼻をすする。

彼の生き方を変えてしまったのはローゼだ。そんな自分が、すんなり納得していいとはどうしても思えなかった。

「何より、君を守る力がぼくにあったことが嬉しいんだ。魔術師でもなければ……あの人たちから君を取り戻すことはできなかっただろうから」

あの人たちというのは、きっとアラソネらのことだろう。

「そうだ、お義母さまたちは」

「……捕らえてしかるべき場所に渡したよ。おそらく、もうすでに処刑されているはずだ」

レオは静かに微笑んでそう言った。一瞬、躊躇うような間があった気がしたけれど、義母たちの話に慎重になるのは当然で、気にすることでもないように思えた。

それよりも、あの悪人たちのあっけない結末をどう受け止めればいいか分からない。

六年もの間、ローゼに筆舌に尽くしがたい苦しみを与えて血を奪い、若さを奪い、命を削り続けた。罪のない人々が暮らす美しい村を、レオの宝物である屋敷を、自分たちの欲望のためだけに焼き払おうとした悪辣の権化。

「処刑……」

心が追いつかずに、ぽつりと言葉を漏らす。

——そう、お義母さまたちは、もういないのね……。

刑の執行があまりに早い気もしたが、彼女らの罪状を考えれば当然とも思える。

もちろん、処刑されたと聞いても安堵以外の感情は浮かんでこない。

ただ先ほどまで生きていた人がもう死んでいるというのは不思議な気分で、諸手を挙げて喜ぶ気分にもなれなかった。

これから少しずつ他の感情も浮かんでくるのかもしれないが、今はただ、起きた現実を受け止めるのが精一杯だ。

「……あの、妹は一緒にいましたか?」

ふと、年の近い異母妹のことを思い出して訊ねる。

「いや。……報告によるとまだ王都にいるという話だ。アラソネたちが、自分たちが逃げ出すための囮《おとり》にしたんだろう」

「囮……。これからどうなるのでしょうか?」

「君に対する行いへの関与が認められれば、処刑は免れないだろうな」

淡々と答えるレオに、ローゼは視線を彷徨わせた。

「……妹は知らなかったと思います」

「それを証明できれば、もしかしたら命は助かるかもしれない。全ては彼女のこれまでの行い次第だ。どちらにせよマデリック家の取り潰しは決まっているし、処刑を免れても、修道院に入れればいい方だろう」

「そうですか……」

ローゼは小さくため息をついた。

妹にも精神的に苦しめられることはあったけれど、彼女もまた義母に騙され、捨てられたのだと思うと、何とも言えない気持ちになる。

だがそこまで考えたところで、レオの心配そうな視線に気づいた。

ローゼは反射的に笑みを浮かべようとして——その深紅の瞳に捕らわれて息を呑んだ。

「……この目の色は、怖い？」

レオが気遣うように首を傾げる。

ローゼは目を見開いた。そんなことは微塵も思っていない。

「いいえ、綺麗です！」

「……血の色だよ」

苦笑を浮かべるレオに、ローゼは首を強く横に振る。

確かに、双眸にたゆたう赤は沈んでいきそうなほどに深く、まるで血のようにも見える。

けれどローゼは、それが怖いだなんて思わない。むしろ逆だ。

「……昔、私のお母さまからいただいた首飾りの、赤珊瑚《あかさんご》と同じ色だと思っていたのです。もう私の手元にはないのですが……。お母さまはとても大切にされていて、私にくださる時に、コーラルは災いを遠ざけてくれるのだと教えてくださいました。幸福を呼ぶとも。お守りだから、ずっとずっと……大事にしなさいと」

ローゼは、そこでまた涙ぐんでしまった。

声を詰まらせて、レオの手を握りしめる。

「だから、その通りだと思って……」

災いの最中《さなか》にいたローゼを、すくい上げてくれた人。

抱えきれないほどの幸福を、ローゼに運んでくれた人。

レオはまさしく、ローゼにとっての赤珊瑚だ。

涙を拭いながら顔を上げると、レオは驚いたような顔をしていた。

「そうか……そういう考えはなかったな」

それから、少しだけ泣きそうにくしゃりと顔を崩して、レオが笑う。

「うん。ありがとう……ローゼ。君がそう言ってくれるなら、ぼくもこの目を好きになれる」

レオは、ローゼを抱きしめる腕に力を込めた。

「君を守るよ、これからもずっと。どんな災いにも君を渡さない。ぼくは君だけのお守りだから」

優しく囁かれて、頬をまた涙が伝う。

彼の胸の中で顔を上げると、ローゼの大好きな笑顔がそこにあった。日だまりのような、優しくて温かな笑顔が。

ローゼはそこでようやく、彼に一番大切なことを言い忘れていたと気づいた。

「ありがとうございます、レオ。私を救ってくれて。私のために……大切な決断をしてくれて」

それこそ、真っ先にレオに言わなくてはならない言葉だったのに。

ローゼの心にある、何より大きな想いだったのに。

反省すると同時に、ずっと強ばっていた肩からふっと力が抜けた。

もう恐ろしいことは起きないのだという実感がようやく湧いてきたのだ。

レオの決断が、これから先、二人をどのような未来に導くのかはまだ分からない。

ローゼもまた、自分の心に折り合いをつけて納得するのには時間がかかるだろう。罪悪感は、もしかすると一生消えないのかもしれない。

けれど、ローゼがするべきことは――し続けるべきことは決まっている。

レオを愛し、隣で微笑み続けるのだ。何があっても。どんな結果になっても。

レオが、ローゼの隣で笑っていられるように。

ローゼは両腕を伸ばし、レオの頬に手を当てて微笑んだ。

すると彼もまた嬉しそうに目を細め、ローゼの唇にキスを落とす。そのまま口づけが深くなることを期待したけれど、レオはなぜかローゼから体を離してしまった。

「レオ？」

「ごめん、これ以上は良くない。久しぶりに体内の魔力を魔術に使ったからだと思うんだけど……血がとても熱いんだ」

「血が？」

ローゼはきょとんと首を傾げて、レオの額に手を当てた。熱はないようだけれど……。

「いや、そうじゃなくて……感覚が過敏になっているというか、興奮しやすい状態というか。君にあまり触れていると、とても乱暴な気分になる」

「乱暴な……」

その言葉と表情で、彼の言いたいことが何となく分かって、ローゼは頬を染めた。

レオがバツの悪そうな顔をして「ごめん」と謝る。

「あんなことがあってすぐなのに、変なことを言ってごめん。でも……体がどうしようもないんだ。隣にもう一つぼくの部屋を取ってあるから、そっちで休むよ。何かあればすぐに来るから、心配しないでい……」

そのまま立ち上がって去っていこうとするレオの腕を、ローゼは強く摑んで引き留めた。

レオはいつでも、どこでも、ローゼのことばかり心配している。

ローゼだって、彼を癒やしたいのに。それがローゼのためで起こった変化であるなら、なおさらに。

ローゼは恥じらいも忘れて彼の体に抱きついた。

今日、彼を一人で寝かせることだけは、絶対にしたくない。自分でも不思議に思うほどの強い思いに駆られて、ローゼは切ない声を絞り出した。

「行かないで……レオ」

縋りつくローゼを、レオは堪えるような表情で見下ろした。

「……ローゼ」

名前を呼ばれても、ローゼは子供のように首を横に振った。

すると、ベッドにもう一人分の重みが乗りかかり、静まり返った部屋にギシッと軋《きし》む音が響いた。

「知らないよ」

宿のベッドは、おそらくローゼがゆっくりくつろげるようにだろう、十分な広さがある。

ローゼは、隣に腰かけたレオの首にしがみついた。

「いいの……。レオのいいようにして。ら、乱暴にされたっていいから」

レオにならっ
レオになら、ローゼは何をされてもいい。

「……ぼくのいいように？」

レオはどこか暗い声でそう言うと、ローゼをうつ伏せに押し倒した。

「ぼくが、君をどうしたいと思っているかも知らないのに？」

「あっ……」

首筋に噛みつかれて、ローゼが小さな悲鳴を上げる。

レオはうなり声を上げるように言葉を続けた。

「君を食べて、ぼくだけのものにしたい。君の可愛い指先も、小さな爪も……」

ローゼの右手をベッドに縫いつけながら、撫でるようにその指先を包み込む。

そのまま耳朶《みみたぶ》を甘噛みされると、まだ触れられてもいない腰が甘く疼いた。

「食べて……レオ……あっ」

喉をのけぞらせて懇願すると、レオが空いている手をローゼの下半身へ伸ばした。

ローゼは攫われた時と同じ寝衣を着ているが、汚れなどは綺麗になっている。きっと魔術で綺麗にしてくれたのだろう。レオは裾の中へ手を這わすと、肌着の上からローゼの割れ目をなぞった。

「ローゼ……」

熱を逃すように名前を呼び、肌着をずらして割れ目の中に指を挿入した。

「あ、ぁっ」

「あぁ、やっぱり熱いな。……ローゼの中は熱くて、狭くて。指の感覚だけで達《い》ってしまいそうだ」

囁きながら隘路《あいろ》をかき回されて、ローゼの口から切ない悲鳴が上がる。

レオはさらに、寝衣の上から乳房を潰すように揉みしだいた。

「んっ、はぁ……あっ」

「あぁ……ごめん、やっぱりダメだ……。我慢ができない」

うつ伏せのまま顔だけで振り返ると、深紅の瞳が熱情に燃えていた。

苦悶の表情を浮かべるレオに、ローゼはもう一度声をかけた。

「いいのっ……レオ……いいから、あっ」

ローゼが全て言い終えるより早く、レオが指を引き抜いた。それからローゼの肌着を剝ぎ取り、自身の前をくつろげる。

「……やぁ、あっ」

そして、後ろからひと息に奥を貫かれた。

十分に濡れていたとはいえ、まだ行為に慣れていないそこは一瞬引き攣《つ》れたような痛みを覚えたが、すぐにとろりと新しい蜜を出して彼を受け入れようとする。きゅうきゅうと愛しい雄に吸いつく媚肉《びにく》に、レオは声を漏らしながら抽挿を始めた。

「あぁ、すごく気持ちがいい……」

服を着たまま、獣のように犯されながら首筋を甘噛みされて、ローゼの心は満たされていく。レオが気持ち良くなってくれるのが、ローゼは一番嬉しいし、幸せだからだ。

ぐちゅぐちゅという濡れた音と、肌のぶつかる音がする。時々ぐりぐりと奥を押し潰されて、ローゼは白髪を振り乱した。頭がおかしくなりそうに気持ちが良い。

「ごめん……もうっ」

レオは吐き捨てるようにそう言うと、ローゼの腰を掴んでさらに激しく奥を貫いていく。ローゼが喉をそらし、一際強い快感に大きく鳴いた瞬間、最奥に熱いものが放たれた。

「あぁ……あぁ、んっ」

彼のものがびくびく震えながら、子種を吐き出している。

その何とも言えぬ幸福感に、ローゼは思わずぽろぽろと涙を流した。

「レオ……。レオ、好き……愛しているの……」

ああ、この思いはとてもそんな言葉では言い表すことができないのに。

たとえば自分が金糸雀《カナリア》だったら、もっと上手に愛を囀り、彼に思いを伝えられただろうに。強い想いの前に、言葉はあまりに無力だ。

レオは、涙を流して愛を訴えるローゼの顎を摑んで振り向かせ、その唇を貪《むさぼ》った。

そして繫がったままローゼの腰を摑んで上体を起こさせると、向かい合うように座らせた。

「ぼくも愛しているよ。そんな言葉では足りないぐらい、ローゼ……君はぼくの全てだ」

銀糸を引くまで口内を愛してから、レオが低い声で囁く。そのままローゼの寝衣を脱がせ、自身もまたシャツを脱ぎ去ると、丸い膨らみの先に吸いついた。

「あっ」

気がつけば、膣の中のものが硬さを取り戻していた。

期待に満ちた声を上げるローゼを、レオが下から突き上げる。

「あっ、やぁあ……」

腰を摑んで強く下から突き上げられて、胸先を口で吸われ、ローゼの背中がのけぞった。

今白濁を流し込まれたばかりの、しかも達したばかりのそこは敏感で、彼の雄茎が媚壁を擦る度に肌が粟立《あわだ》つようだ。

「レオ……んっ、あ、おねが……、キスして……っ」

ひと突きされる度に火花のように弾ける快感に、ローゼは怖くなって目の前の体に縋りつく。レオはすぐに応えて、ローゼに口づけ、その舌を吸った。

「はっ、はぁ……ぁあ」

「あぁ……可愛い……ローゼ」

レオは赤い瞳をあやしく光らせ、陶酔したように呟きながら、襞《ひだ》を巻き込むようにして屹立《きつりつ》を突き上げた。ローゼはたまらずに達してしまい、彼のものを締めつける。するとまた、彼の欲望がローゼの中に放たれた。

「はぁ、……んぅ」

互いに肩で息をしながら、それでも離れている隙間を惜しむようにキスをする。

それから、ローゼはくたりとレオの肩に寄りかかった。二度の激しい絶頂に、頭は真っ白で、体はくたくただ。すぐにでも気を失ってしまいそうなローゼの体を、レオは今度は仰向けに押し倒した。そこでようやく、ローゼは彼のモノがまだ全く萎えていないことに気づいた。

「レオ……待ってっ……」

「ごめん……待てない。まだ足りない」

そしてローゼの足を肩に担ぎ上げると、良いところを擦り上げるようにしながら腰を動かし始めた。

抉るように深く同じ場所を刺激されて、目の前がチカチカする。

ローゼが受け止めるには大きすぎる快感に、足が痙攣したように震え始めた。そんな中、なんとかレオに焦点を合わせると、彼は恍惚《こうこつ》とした表情でローゼを見下ろしていた。

――レオ……、気持ちが良いの？

ローゼの胸に、幸福感が溢れる。

普段の彼なら、ローゼに無理をさせてまで自分の快感を追おうなど夢にも思わないだろう。

〝血が熱い〟という感覚は分からないけれど、そのおかげでレオが心ゆくまで気持ち良くなれるのなら、それはとても嬉しいことだと思えた。

ただ、ローゼももう声が抑えられない。ここがどこの宿かは知らないけれど、こんな時間に大声であえいで他の宿泊客を起こしてしまったら申し訳ないし、何よりいたたまれない。

両手で口を覆って声を堪えると、その手のひらの上にキスが落ちてきた。

「大丈夫、声は漏れないようにしてあるから」

「……っ魔術で？」

絶え絶えに息をしながら訊ねると、レオも余裕のない様子で頷いた。

レオは摑んでいた足を解放して、ぴたりと体を重ねてキスをした。舌を絡め、口蓋を愛撫しながら、次第に腰の動きを早め、ローゼの奥にある一番切ないところを貫いていく。

「はぁ、あっ……あぁ……ん」

繋がった場所が、溶けて一つになりそうなほどドロドロになっているのが分かる。

やがて、これまで感じたことのない大きな快感の波が押し寄せてきた。身を任せてしまえば、二度と正気には戻れないのではないかと思うほどの強い波に、怖くなって目の前の体にしがみつく。

「やぁ、レオ……レオッ……！」

「ローゼ……っ」

レオが、ローゼの子宮を突き上げるかのように強く貫く。その瞬間、快楽の塊が体の中で弾け、ローゼは悲鳴のような声を上げて絶頂した。脳が揺さぶられたように全身が震え、腰から下がガクガクと壊れたように痙攣している。媚肉は喜びに震え、蠕動《ぜんどう》しながらきつくレオのものを締めつけた。

「うっ……」

レオが低い声を上げて、三度目の精を放つ。すると繋がった場所から、とぷりと受け止めきれなかったものが溢れて漏れたのが分かった。

——熱いわ。

繋がった場所だけではない。まるで、全身が燃えているように熱い。欲するものを喰《く》らえと心に巣くう獣が叫ぶ。ローゼは思いのまま、何度も何度もレオに秘所を擦りつけた。彼の放つ精を、一滴たりともこぼすまいときつく締めつける。

まるで淫夢に囚われているように、もっと、もっと、もっと——彼が欲しくてたまらない。

今度は自分からレオを襲おうとしたけれど、残念ながらその前に、くたりと力尽きてしまった。

「……無理をさせてごめん」

謝りながら優しく頭を撫でるレオに、首を横に振れたのかどうか。

ローゼはとうとう意識を手放し、深い眠りに落ちたのだった。

そして——。

カーテンの隙間から朝日が差し込むのを感じて、ローゼは体を起こした。

――良かった、ちゃんと起きられた。

疲れたうえに短い睡眠だったので心配だったが、自分でも驚くほどすっきりと目覚めている。

できるだけ早く村の状況を見に行きたかったので本当に良かった。

けれど、とローゼは隣で眠るレオに視線をやった。

レオはもう少し寝かせてあげたい。きっとローゼ以上に疲れているはずだ。

ローゼの方が朝の支度に時間がかかるのだから、終えてから起こせばいいだろう。

そっと、レオを起こさないように慎重にベッドを下りる。

次いで一糸纏わぬ自分の姿を見下ろすと、あれだけぐちょぐちょだった体がすっかり綺麗になっているのに気づいた。ローゼが眠ってしまった後、レオが清めてくれたのだろう。

きょろきょろと辺りを見渡すと、昨日投げ捨てられたはずの寝衣が綺麗に折りたたまれてベッドの上に置かれていた。あんな状況だったのに律儀すぎて、ローゼは思わず笑ってしまった。魔術師になっても、やっぱりレオはレオのままだ。

他に着替えもないので、それに袖を通す。それから鏡の前に立ち――ローゼは思わず自分の姿を二度見した。

——え？

驚きのあまり凍りついてから、ローゼはハッと我に返って背後を振り返り、悲鳴のような声を上げた。

「レオ！」

◇◇◇

大声で名前を呼ばれ、レオは「う〜ん」と唸って、ぱたぱたと探るように自分の隣を叩いた。

ローゼが寝ていると思ったのに、いない。そこでようやく、レオは眠る前のことをぼんやりと思い出し始めた。

——滅茶苦茶してしまった。

酷く酔い潰れた次の日の朝のような、自己嫌悪するしかない後悔が押し寄せてくる。

とりあえず謝ろうと、レオはのそのそと起き上がり、下穿《したば》き一枚のままベッドの上で正座をした。

それにしても朝日が眩しい。ローゼもほとんど寝ていないはずなのに、いつも通り起きられるなんて、本当にしっかり者だと感心してしまう。いや、無理をさせてしまったのは自分なのだけれど。

「ローゼ、本当に申し訳な……」

「レオ、見てください！」

朝日に目を潰されながら頭を下げると、ローゼはそんなことはどうでもいいとばかりにレオの手を摑んだ。

「見るって……」

何を？　と目を開いたレオは、そのまま目玉がこぼれ落ちんばかりに見開いた。

そこに――とんでもない美女がいたからである。

レオは思わず目を擦りながら、恐る恐る口を開いた。

「ローゼ？」

「……はい」

目に涙を浮かべながら頷く女性は、確かに、紛れもなくローゼだ。

しかしその姿は、眠る前までのものとはまるで違う。

まず白髪だった髪は、それは美しい銀色に煌めいている。しかもただの銀色ではなく、日の光が当たる角度によって微かに色づいて見えるのだ。時に青みがかり、時に赤みがかり、まるで七色に変幻するその様は、奇跡を体現しているかのように幻想的だった。

瞳もまた透き通るような神秘的な菫色《すみれいろ》で、そのぱっちりとした大きな目の周りを、髪と同じ色の睫毛《まつげ》が彩っている。

他にも肌の雪のような白さは変わらないものの、どこかまだ病人じみていた青白さは完全に消え去り、頬や唇は愛らしい桃色に色づいている。微かに残っていた目の下の皺も完全に消え去り、その美貌は花の盛りの十九歳の、弾けるような若さに輝いていた。

これが本来の彼女なのだろう。

レオはこれまでだってローゼのことを綺麗な女性だと思っていたけれど——今の美しさは、はっきり言ってこの世の者と思う方が難しい。

精霊や妖精であると言われた方が、まだ納得できる。

「その姿は……どうして？」

「分かりません。起きたらこうなっていて……レオが理由を知っているかと思ったのですが」

レオは首を横に振った。さっぱり分からない。

——ぼくが魔術師に戻ったからか？

確かにレオは魔術師に戻ったが、だからといって体内に流れる魔力の量が変わったわけではない。

レオはこれまでも、魔道具の指輪を媒介にして、できる限りの魔力を日々彼女に与え続けてきた。

しかも昨日はその魔力を与える行為すらしていないのだ。したことといえば夜通しの性行為ぐらいのもので……。

「……ああっ！」

急に閃《ひらめ》いて、レオは声を上げた。

「精液を中に出したからか！」

「……え？」

「つまり、ぼくたちの魔力の相性は、体液による直接摂取がもっとも効率が良かったんだ！」

血と同じように、体液には魔力が含まれている。

普通はこれまでレオがしていたように魔力を流し込む方が効率良いのだが、二人の相性――いや、ローゼの体質的に、体液から取り込む方が魔力が馴染《なじ》みやすかったのだろう。

それか、血や体液を失うことで魔力を失った場合は、同じように血や体液で魔力の摂取をするのが効果的なのかもしれない。

そういう例もあるというのは初耳で、研究してみる価値がありそうだ。

何にせよ、ローゼの魔力が完全に戻ったというなら喜ばしい。俯いて考え込んでいたレオはウキウキと顔を上げ、そこでようやく、ローゼの顔が茹《ゆ》で蛸《だこ》のように真っ赤になっていることに気づいた。

「……あ、あの、それはつまり……レオの……その？」

「ぼくの精液を、直接君に流し込んだから……」

訊ねられたのでもう一度説明すると、ローゼは「きゃあ」と声を上げ、顔を覆って俯いてしまった。相当恥ずかしいらしい。

――可愛い、死にそう。

照れているローゼがもっと見たくて、レオはさらに説明を補足したくなったけれど、嫌われたくない一心で耐えた。

代わりに、そっと銀色の髪に触れる。まるで絹のような手触りだ。

「綺麗だよ、ローゼ。……君の本当の髪と、瞳の色を見られて、とても嬉しい」

囁くように言うと、ローゼがまだ赤い顔を上げた。そして、目に涙を浮かべて頷いた。

「ありがとうございます。……全部、全部レオのおかげです」

「いいや、ローゼが頑張ったからだ」

レオは首を横に振りながら「そうだ」と思い出して、ベッドの上に畳んだズボンを引き寄せてポケットをまさぐった。取り出したのは、ローゼがサンスに託してくれた指輪だ。

「これを、ローゼに返そうと思ってたんだ」

「この指輪……。無事だったんですね」

ローゼがぱっと顔を輝かせて指輪を見つめる。

「ローゼがサンスにこの指輪を託してくれなかったら、きっと何もかもが間に合わなかったと思う。君の優しさがぼくたちを救ってくれたんだ。本当にありがとう」

「まさかこの指輪の効果をサンスが使うことになるとは思わなかったけどね」と笑って言えば、ローゼは今度こそ泣き出してしまった。「いいえ、いいえ」と首を横に振るローゼの手を取って、細い薬指にもう一度指輪を嵌める。

「ぼくと結婚してくれてありがとう、ローゼ。愛しているよ、これからもずっと」

心を込めて囁くと、ローゼは大きく瞬きをした後、まるで花がほころぶように微笑んだ。

「私も……愛しています、レオ」

まっすぐに返ってきた愛の言葉に、レオは目を細めた。

――ああ……幸せだな。

レオは今、心からそう思う。

ローゼが本来の姿を取り戻した今、これまでのように静かに暮らすことは不可能だろう。

彼女が、あまりにも美しすぎるからだ。

人から人へと噂が広がり、それは国境を越え、きっと〝精霊の愛し子〟のことを知る者のもとまで届いてしまう。

彼女がアラソネに見つかる十二歳の時まで平和に暮らせていた方が奇跡なのだ。きっと伯爵家の令嬢として、大事に隠されていたに違いない。さらに今は、その頃より美しさも増しているはずだ。

どこかに監禁でもしない限り、彼女を隠し通すことは難しい。レオにその気はないから、きっとまたよからぬ者が彼女を攫いに来る。あの術士の言った通りに。

そしてレオは、その誰かを殺す。それが男でも、女でも。老いた者でも、子供でも。

ローゼが気づく前に、音もなく。

そう、ローゼは知らなくていい。

レオが魔術師になったというだけで罪悪感を覚える彼女が、この手を血に染めたと知ればどれほ

ど苦悩するだろうか。

いずれ知られる日が来るのかもしれないが、少なくとも今でなくていいはずだ。永遠に来ないなら、それに越したことはない、
ローゼはもう十分に苦しんだ。この先は、レオ一人でいい。

そうして彼女に嘘をつき、多くの人間を殺し続ける自分は、いつかきっと地獄に落ちるのだろう。

けれど、それでいい。

いずれレオの落ちる地獄には、愛した花が一輪咲けばそれでいい。

レオはローゼの笑顔を目に焼きつけた。

大切な、大切な愛する花を、どこでも心で咲かせることができるように。

それだけで、レオは誰よりも幸福で満たされるのだから。

7章　ローゼの結婚

カカラタ村を襲った魔術による火災は、レオがすぐに火を消し止めたことが功を奏し、当初想像したほどの被害にはなっていなかった。怪我人もレオの言った通り全員完治していて、死者も出ていない。けれど家屋や施設の被害はどうしようもなく、村が完全に元通りになるには少し時間がかかるだろう。

また、マデリック伯爵家は取り潰しとなった。本来なら全財産を国に没収されるところだが、今回は特殊な事情に鑑みて、爵位と家名、領地以外の全てをローゼが受け継ぐこととなった。ローゼはその莫大な財産の半分を、カカラタ村の復興と、今後の発展のために寄付をした。今回の火災による被害を全て修復しても、今後数十年は村人全員が飢えることなく暮らせる額だ。その寄付金自体を賊に狙われることがないように、大部分は国家による監視のもと土地の領主に管理を頼んでいる。

財産の残り半分は、サンスへの慰労金として払ったり、各地の福祉施設に寄付をして、ローゼたちの手元には今後の生活に必要と思われる蓄えだけを残すことにした。

サンスには「そういうところですぞ」とわんわん泣かれたものの、レオは「魔術師は給料がいいから大丈夫だよ」と軽く笑い飛ばしていた。確かに額を聞けば十分すぎるものだったけれど、サンスはそれでも心配なようで「レオさまに書類のサインをさせてはなりません！」と何度もローゼに訴えていた。

他にもマデリックの屋敷からは、アラソネたちが持ち出せなかった大量の魔石が見つかったが、それも、使途を福祉に限定することを条件に国家に寄付をした。魔術師協会が立ち会って契約書を作ったので、きっと守られることだろう。

それから、異母妹は修道院へ送られることが決まった。

彼女はすでに処刑が決まっていたが、ローゼが国王と魔術師協会宛に「妹は何も知らなかった」と手紙を書いたことで情状酌量が与えられたのだ。

彼女にも色々と苦しい思いはさせられたが、生き直す機会が得られたことを、ローゼは素直に良かったと感じていた。

そして、あの事件から一ヶ月——。

「本当に綺麗！」

「とてもよく似合っているわ」

こぢんまりとした建物の一室に、村の女性が数人集まっている。

湖畔にぽつんと建つここは、カカラタ村唯一の教会だ。村の中心からは少し外れた場所にあり、先日の火災でも奇跡的に無傷で残った。赤い屋根の小さな尖塔《せんとう》を持つ、美しい建造物である。

ローゼは純白のドレスを纏ってはにかみ、周囲の女性らに微笑みかけた。

「本当にありがとうございます。婚礼ドレスを用意してくださっただけでなく、着付けまで手伝っていただいて……」

頭を下げると、エリナが一歩前に出てきて腰に手を当てた。

「何を言っているんです。感謝しているのは私たちの方なのに」

「そうですよ。ローゼさんの寄付のおかげで、この村も復興できそうだっていうのに」

エリナの言葉に同調して、他の女性たちが次々と頷く。

その気持ちが嬉しいと同時に申し訳なく、ローゼは瞼を閉じて、銀色の睫毛を揺らした。

今日はローゼとレオの結婚式だ。

カカラタ村の人たちが村を挙げて開いてくれたもので、土地を去らねばならぬ二人への餞《はなむけ》であり、行った寄付への礼でもあるという。

けれど寄付のことは――そもそもローゼがいなければ火災も起こらなかったと思うと、好意を素直に受け取っていいものか深く悩んだ。

レオが「村の人たちは事情を知っているし、誰もローゼが悪いだなんて思っていない」と言ってくれたこと。何より、村の人たちが以前から式の準備を進めてくれていたことを知って、心を決めたのだった。

レオは前々から「いつかローゼが元気になったら式を挙げたい」と考えて、村の人たちに相談をしていたのだという。

この婚礼ドレスも、村の女性が代わる代わる縫ってくれたものだ。忙しい日々の暮らしの合間に、一針一針丁寧に施してくれた刺繍《ししゅう》は、どんな宝石を散りばめたドレスより美しい。

ちなみに、背中の傷はレオの魔術でいくらかマシになっていた。さらに今は背中に化粧を施しているので、婚礼ドレスを着ていても、よく見なければ傷痕があることは分からないはず。

着付けや背中への化粧を施してくれる時、村の女性たちが深く事情を聞かずにいてくれたことにも、ローゼは深く感謝していた。

「今回のことだけじゃなくて……ロスティールド家には私たち、ずっとお世話になってきたんですよ。飢饉《ききん》や災害に見舞われた時に、あの方々が何度資産を切り崩して助けてくれたか。おかげで助かった命がいくつあるか分かりません。これぐらいのことでは、まだまだ恩に報いきれないわ」

感慨深そうに言うエリナに、皆が深く頷く。

それから若い女性が一人、頰に手を当てて口を開いた。

「それにしたって、ローゼさん……本当にお綺麗だわ。ロスティールドさんともお似合い」

うっとりとした目で見つめられて頬が染まる。

レオの隣に並んで『お似合い』と言ってもらえる日がくるなんて、夢にも思わなかった。

目尻に浮かんだ涙を拭っていると、今度は若い娘たちが数人でローゼの髪を結い上げてくれた。

銀色の髪に触れ「綺麗」「羨ましい」と口々に褒めて編み込みながら、娘の一人がにこりと笑った。

「私たちが憧れた、ロスティールド家の花嫁に祝福を。どうか幸せになってね」

最後に白い花冠を頭に載せながら言われて、ローゼは涙ぐんで頷いた。

そして一通りの支度が整った後、エリナが小さな宝石箱を差し出した。

「ローゼさん、これを」

ローゼはそれを両手で受け取ると、大切に胸に引き寄せてから蓋を開いた。

――お母さま。

宝石箱の中に入っていたのは、母の形見である赤珊瑚の首飾り。義母に奪われてしまっていたが、財産を相続した時に一緒に戻ってきたのだ。

純白のドレスに、赤いコーラルはよく映える。

ローゼは微笑むと、そっとその首飾りを身につけた。

ちょうどその時、教会の人間が式の準備が整ったことを告げに来た。

あらためて女性たちにお礼を告げ、レオが待つ礼拝堂へと向かう。

エリナに先導してもらいながら短い廊下を進み、アーチ型の扉の前で立ち止まると、ローゼは一度大きく深呼吸をした。とても緊張している。

人前に出て、上手く歩けるだろうか。ドレスの裾を踏んで躓《つまず》かないだろうか。

どきどきする胸をなだめていると、エリナが気遣うように「いいですか？」と訊ねた。

頷くと同時に、扉がゆっくりと両開きになる。

まず目に入ったのは、礼拝堂を埋め尽くすカカラタ村の人たち。通路を挟んで並ぶ長椅子は隙間なく埋め尽くされていて、窓の外からは、建物に入りきらなかった人々が押し合いへし合いしながらこちらを覗き込んでいる。

ローゼはその視線の数にまず驚いたが、村人たちの表情は揃って喜ばしそうに輝いていて、ぐっと胸に込み上げてくるものを感じた。

嬉しいのと、少し気恥ずかしいのと――何よりも彼らの祝福がありがたかった。

視線を僅か足下に落として泣くのを堪えてから、あらためて正面を見つめる。

通路の奥には祭壇があり、その前にはレオが立っていた。

天井近くにあるステンドグラスから注ぐ光を浴びて、まっすぐにローゼを見つめて微笑んでいる。

太陽のように輝く鮮やかな金色の髪を一つに纏め、白い礼服をすらりと着こなした姿は、絵本の中から飛び出してきた王子さまのように素敵だ。彼はその深紅の瞳に情熱を宿し、ただ一人、ローゼだけを見つめている。

ローゼはそれまで緊張していたことも忘れ、吸い寄せられるように一歩前に足を踏み出した。

ぴんと張り詰めたような静けさに、見守る人々の感嘆の吐息が響く。

結い上げた銀色の髪が、大きな菫色の瞳をふちどる長い睫毛が、窓から差し込む日差しを浴びて神秘的に煌めいている。長い裾をゆっくりと引きずり、一歩一歩進む花嫁の胸元で輝くのは、赤いコーラルのネックス。

湖畔の教会で、精霊のごとく美しい花嫁の姿が、深紅の瞳の凛々《りり》しい新郎のもとへと歩いていく。

それを見つめる村人たちは、ある者はただうっとりと、ある者は信仰を捧げるかのように手を組みながら、じっと息を凝らしていた。

レオの前までたどり着くと、ローゼはふっと細い息を吐いた。

愛しい夫の姿に見とれ、陶然とした心地でここまで歩いてきたが、いざ近くでその顔を見上げると、今度は胸がドキドキとしてくる。

「綺麗だよ、ローゼ」

そっとローゼの手を取って引き寄せ、レオが囁く。

穏やかな声にこもるのは熱情と、深い愛。

ローゼは胸を震わせながら、さらに一歩彼に歩み寄った。するとレオがにっと悪戯っぽく笑い、ローゼの腰を両手で掴んで軽く持ち上げた。

「ぼくの奥さんだ！」

自慢するようなレオの声に、村人たちの笑い声が響く。慌てて「レオ！」と名前を呼んだが、それまで張り詰めていた空気が緩んだのを感じ、ローゼもまた照れ隠しに頬を膨らませてから微笑んだ。

　レオが声を上げて笑うと同時に、神父がこほんと咳払いをする。

「病める時も、健やかなる時も……永遠の愛を誓いますか？」

　そして響いた誓いの言葉に、レオとローゼの声が重なる。

「誓います」

　抱き上げられた格好のまま答えて、ローゼはレオの頭に腕を回した。左手の薬指に嵌められた指輪が、ステンドグラスの日差しに煌めく。ああ、幸福だと思った。今自分は、指先まで幸福で満たされている。

　顔を寄せ、見つめ合い、微笑み合う。

　村人たちが見守る中、二人はそうしてそっと、誓いのキスを交わしたのだった。


　午後は、村を挙げてのパーティーが開かれた。

　湖畔の広場に長椅子や机が並べられ、葡萄酒《ぶどうしゅ》やちょっとした軽食が用意されている。村人の奏でる音楽が流れ、子供らは元気よく駆け回り、大人たちは談笑をしたり、余興を披露したりと賑やか

だ。

その中心で、ローゼとレオはあらためて村人たちの祝福を受けていた。花びらの雨を降らせてもらったり、祝福を祈る織物のプレゼントをもらったり――レオの方は胴上げをされ、次から次に葡萄酒を勧められている。

ローゼも葡萄酒を勧められたが、お酒は強い方ではないからとほどほどで断った。花嫁の分もと酒を勧められるレオをハラハラした気持ちで見守っていると、ふと、広場の隅っこの方で暗い顔をしている少女がいることに気づいた。

――あれは。

あの時、アラソネに騙されて屋敷の結界を破ってしまった少女だ。

結婚式に来てくれたのか。ローゼはそっと輪を抜けると、彼女に歩み寄った。

彼女は事件の後、隣町に住む親戚のもとへ働きに出たと聞いていた。ローゼもレオも、少女がしてしまったことは一言も村の人には言わなかった。だが彼女自身が良心の呵責に耐えられなかったようで、火災の後に両親や村の人に告白したそうだ。

両親は酷く怒り、彼女を厳しい親戚のもとに送り出したのだという。

「あの……」

声をかけると、少女ははっとした様子でこちらに振り向いた。そしてローゼを見るなり、肩を震わせて大粒の涙をこぼした。

「奥さま……ほ、本当に申し訳ありませんでした」

膝をついて泣き崩れる彼女の肩を、ローゼは支えて立ち上がらせた。

「いいの、もう気に病まないで」

「だけど……」

「あなたが怪我をしていなくて良かった。私の方こそ、巻き込んでしまって申し訳なかったと思っています」

この少女が、まさかあれほどの大事態になることを予想していたはずがない。

ほんのちょっと——ローゼが妬ましかっただけなのだ。レオの隣にいるローゼのことが。

結果的に起きたことを考えれば、彼女の両親の怒りももっともだ。だが、ローゼはどうしても彼女を責める気持ちにはなれなかった。悪いのはアラソネだ。

「今日は、お祝いに来てくれてありがとう」

村の人たちは、彼女がしてしまったことを知っている。今日ここへ来ることは、きっと針のむしろに感じられたことだろう。それなのにお祝いに来てくれたことが、ローゼには嬉しかった。

少女は目を見開いてローゼを見つめた後、顔をくしゃくしゃにしてまた涙を流し、それから深く頭を下げた。

「ご結婚、おめでとうございます」

ローゼはもう一度「ありがとう」と言って、微笑んだ。

レオが彼女の家族に口添えをしていたので、きっとそう遠くないうちに村にも帰ってこられるだろう。

それから再びレオのもとに戻ると、ちょうどサンスと話が弾んでいるところだった。

サンスは白髪をきっちりと後ろに撫でつけ、裾の長い黒いタキシードに、蝶《ちょう》ネクタイをつけている。

実の息子が結婚するかのような張りきった礼服に、ローゼは胸がくすぐったくなるのを感じた。

「……本当におめでとうございます、お二人とも」

ローゼを見て、サンスが目に涙を滲ませる。

それに「ありがとうございます」と返しつつ、ローゼはほっと胸を撫で下ろした。

サンスを前にすると、ローゼはどうしても焼け落ちる屋敷に放り込まれた姿を思い出してしまう。

怪我はレオによって完治させられているが、サンスが元気でいるのを見るだけで、ローゼはいまだに泣きそうになってしまうのだ。

「教会で式を挙げるお二人を拝見し、このサンス、心から感動いたしました。この日を迎えられて、本当にようございました」

ローゼが人前に出るのを怖がっていたこと、レオの隣にいるのに相応しくないと悩んでいたことを知っているサンスの声は、細かに震えている。

ローゼも初めてサンスと会った時のことを思い出して涙ぐんだ。銀色の睫毛を濡らす滴をレオが指で拭い、細い腰を抱き寄せる。

「村の皆のおかげで、こんなに立派な式を挙げられたんだ。本当にありがたいと思っているよ」

レオの言葉に、サンスは「本当ですな」と深く頷いてから、寂しそうに肩を落とした。

「……しかし、明日にはもう旅立ってしまわれるのですね」

そう、ローゼたちがこの国にいられるのは明日まで。魔術師協会から、旅立ちへの準備のために与えられた滞在期間が終わるからだ。

「そうだね、これでもだいぶ無理を言って期間を延ばしてもらったんだ。宿代も馬鹿にならないし」

屋敷がすっかり燃えてしまって荷造りの必要もないため、本当ならすぐにでも旅立てるところを、この結婚式のために待ってもらっていたのである。その間、住むところがないので隣町に宿を取って過ごしていた。確かに宿代は馬鹿になっていない。

「だから気前よくお金を配りすぎだと再三申し上げたのに……」

サンスが深くため息をつく。

「もっと余裕を持って、資産を残せばよかったのです。これから土地を転々とするのでしょう……その度に入り用になるはず。お金はいくらあっても困らんでしょうに……」

ブツブツと文句を言ってから、サンスは本格的に肩を落として泣き始めた。

「本当に行ってしまわれるのですな。私は……お二人の子供を見るのが夢でしたのに」

「まあまあ……落ち着いてくれ。当分は隣国に住む予定だし、魔術を使えばすぐ帰ってこられる距離だから、時々はローゼと顔を見せに来るよ」

気楽な調子で言うレオに、サンスはしつこく「必ずですよ」と念を押した。

二人がこれから住むのは、レオの言った通り、隣国の海沿いの田舎町だ。とても景色が綺麗で、食事が美味しいところなのだという。

「落ち着いたら連絡をしますから、ぜひ、新居にも遊びに来てください」

ローゼがそう言うと、サンスは何度も大きく頷いた。

「それにしても……このサンス。長年お側にお仕えしておきながら、レオさまが魔術師だったとは存じ上げませんでした。確かに子供の頃は赤い目をしておられたのに、それもすっかり忘れてしまっていて……」

眉を寄せ、サンスが首を傾げる。

レオは顎を撫でながら頷いた。

「目のことは、ぼくが魔術師でなくなった時に、先生が忘れるように周囲の人に暗示をかけたからね。そもそも魔術師が生まれたことは口外禁止だから、両親以外は誰も知らなかったと思うよ」

サンスは「さようでございましたか」と頷いてから、今度はローゼに視線を移した。

「ローゼさまが〝精霊の愛し子〟と呼ばれる特別な方だというのも、驚きました。……大変な苦労をされたのですな」

涙を拭いながら言うサンスに、ローゼはただ微笑むことで答えた。

そう——レオはローゼが〝精霊の愛し子〟であることを隠さず、あえて公表したのだ。相談を受けた時は驚いたが、理由を聞いて納得をした。

『隠していて下手に噂が広がるぐらいなら、こちらから噂を流した方がいい。〝精霊の愛し子〟の夫が魔術師であることも一緒にね。そうすれば、馬鹿な考えを起こす人間も減るだろう』

レオはその言葉通りに村人たちにもローゼのことを伝え、この結婚式にも吟遊詩人を呼んでいる。

「今日のことは、間違いなく各地に広まっていくでしょう。まるで女神のように美しい〝精霊の愛し子〟と、彼女を守るように側に立つ凛々しい魔術師の結婚式は、物語となって、これから先何百年、いや何千年と語り継がれていくはずです！」

「いや、そこまで語り継がれなくていいんだけど……」

片手で目を擦り、片手を握りしめ、鼻をすすりながらサンスが熱く語る。

その感極まった様子に、レオが困ったように頭をかく。

そんな二人にローゼが思わず笑い声を漏らした時、広場に聞き覚えのある音楽が流れ出した。

「あ、これって……」

川で洗濯をしていた時に、皆で口ずさんだ曲だ。

レオも気づいて、にっと口端を上げて笑った。

「始まったな。行こう、ローゼ」

「え、えっ？」

村人たちが、音楽に合わせて踊り出す。レオは戸惑うローゼの手を引いて、その輪の中に駆け出した。

「この曲は、こういう特別な日に踊るためのものなんだ。この日のために、村の女性たちは洗濯をしながら日々練習している。もちろん、村の男で一番上手いのはぼくだ」

得意げに言うレオに、ローゼはたまらずに声を上げて笑った。

レオと腕を組み、軽快なリズムに合わせて踊り始める。ローゼも一度川で踊ったから、すぐに思い出して体が動いた。

足を交互に動かして、腕を伸ばして離れては、すぐに近寄ってターンする。

続けて村人たちが曲に合わせて歌う声が聞こえ出し、ローゼも自然と口を動かした。

美しい歌だ。

湖を、川を、森を、あらゆる命あるものを讃え、喜ぶ。

歌の合間には周囲で踊る人々から「おめでとう」という声をかけられて、ローゼは微笑んだ。嬉しい、楽しい。心が華やいでいる。踊る足は大地を離れ、まるで宙に浮いているようだ。

幸福感に満たされていると、ふとレオの声が頭上から降ってきた。

「……愛しているよ」

愛を囁かれて顔を上げる。

すると優しげな赤い瞳と視線が絡まった。

「幸せかい？　ローゼ」

静かに問われて、ローゼは思わず大きく瞬きをしてから、これまでで一番の笑みを浮かべて頷いた。

「ええ、幸せです」

ローゼの答えに、レオもまた満面の笑みを浮かべる。

それから、ローゼを大切な宝物だとばかりに抱き上げた。

村人たちの冷やかす声が聞こえ、はにかむ。

美しいカカラタの湖面に、うららかな春の日差しが反射し煌めいている。

その側で夫に抱きかかえられ、日の光を浴びる美しい新婦の銀色の髪は、角度によって淡い色合いを帯びながら、まるで七色に輝いていた。


強い風が吹いている。

ロスティールドの屋敷から歩いてほんの半刻ほどの場所にある、見晴らしのよい高台に二人は並んで立っていた。

足下には一本の小さな苗木があって、若葉が風に靡いている。

目の前には、いくつかの白い墓。ここはロスティールド家代々の墓地だ。

一つ一つの墓碑は小さいが、どれもよく手入れをされていて綺麗だ。

ローゼは、その中でもまだ真新しい墓の前に立ち、静かに祈りを捧げていた。

——レオのお父さま、お母さま。

心の中で呼びかけて、深い感謝を告げる。

レオを生み、愛し、慈しんでくれたこと。

そのおかげで、ローゼは彼に会えた。両親の深い愛情があってこそ、今の彼があるのは間違いない。ロスティールド家の人々が代々持つ優しさが、愛情と共にレオに受け継がれてローゼを救ってくれたのだ。

ローゼのくしゃくしゃになった心に、また光を灯してくれた。

本当は顔を見て言いたかったことを一つ一つ胸の中で告げてから、ローゼはそっと目を開き、隣に立つレオを見上げた。

「……済んだかい？」

レオはすでに終わっていたようで、視線に気づくとにこやかに首を傾げた。

それに小さく頷いてから、ローゼは風に揺れるスカートの裾を押さえ、菫色の瞳をゆっくりと動かした。

――土地を去る前に、ちゃんとご挨拶ができて良かった。

どうしてもレオの両親に挨拶がしたくて、村を去る前に連れてきてもらった。

夫婦で同じ墓に入るのが慣《なら》わしのようで、目の前の墓石にはレオの両親の名が並んで刻まれている。

――だけど、屋敷と墓地がこんなに近くだったなんて。

それならば、もっと早くに来るべきだった。

知らなかったこととはいえ、これまで一度も来なかったことをローゼは申し訳なく感じていた。

……屋敷から出られるようになったこと自体、まだ最近ではあるのだけど。

挨拶が遅れたことを、あらためて心の中で詫《わ》びてから、ローゼはレオと頷き合った。

足下の、まだ小さな苗木を持って墓地の端へ移動する。

この苗木は、焼け落ちた屋敷の庭から持ってきたものだ。

屋敷のあった土地には別の所有者がつき、屋敷跡もいずれは撤去されてしまう。せめて何か思い出になるものはないかと、つい先ほど、庭からこの苗木を持ち出してきたのだ。

本当は新しい住処へ持っていきたかったが、二人はこれからも土地を転々としなければならない。

その都度に木を移動させるのも可哀想だと、この墓地に植えることを決めた。

レオとローゼはこれからも頻繁にここへ来るだろうし、来られない時はサンスや村の人たちが代わりに面倒を見てくれると言っていた。ロスティールド家が、レオとローゼの思い出がここにあった証として、きっと大きく育ってくれることだろう。

レオも魔術は使わず、スコップを使って丁寧に土を掘り起こし苗木を植えてから、満足げに微笑んだ。

「また来よう。魔術を使えばすぐだ」

ローゼは頷き、丘の上から景色を見渡した。美しいこの土地は二人の故郷だ。

丸い屋根の家並み、澄み渡る青い湖、深い森――。その全てをゆっくりと見渡して、ローゼもまた笑みを浮かべる。

「冬には、また精霊の魂を見に連れてきてくださいますか？」

「もちろん」

レオが大きく頷いた。

屋敷は焼けてしまったけれど、思い出までが消えてしまうわけではない。

二人はしばらく寄り添って眼下の景色を見つめていたが、やがて「行こうか」とレオが声をかけた。

「新しい土地でも、また、たくさん思い出を作ろう」

「はい……たくさん」

両手では抱えきれないぐらいの、たくさんの思い出と、幸せを。

ローゼはそう言って目を細め、レオに体を預けた。彼の腕がローゼの腰を抱き寄せ――。

風が一陣強く吹く。
次の瞬間、二人の姿はそこから消えていた。
後に残るのは静かな墓地と、植えられたばかりの小さな木。
その葉は二人の門出を祝福するように、いつまでも、いつまでも揺れていた。

後日談

ローゼが扉を開くと、カラン、コロンと、頭上にかけられた小さな釣り鐘型のベルの音が響いた。

「ごめんください」

そう声をかけながら一歩中へ入る。するとすぐ、玄関とひと続きになっているダイニングから女性が顔を見せた。

赤い髪をした三十代半ばの女性で、名をマーロという。頬にそばかすが浮かんだ、見るからに活発そうな女性である。

マーロは両手で調理器具のボウルを抱えていて、ローゼの顔を見るなり「入って入って」と気さくに声をかけた。ローゼは頷くと、慣れた足取りで彼女のもとへ向かった。

ダイニングの奥にはキッチンがあって、中央には四人がけのテーブルと椅子が置かれている。

また広々とした南向きの窓からは、穏やかな潮風が流れ込んでいた。

ここは、レオとローゼが新しく越してきた海辺の町。

近くの山の斜面には一面にオレンジ畑が広がり、それを見下ろす高台に白壁の小さな建物が数軒集まって建っている。ローゼとレオの新居もそこにあり、マーロはそのお隣の家の奥さんだ。

「あの……今日はよろしくお願いします」

ローゼは手に提げてきた、小さな木箱を入れたバスケットを差し出して頭を下げた。

木箱の中身は、手土産のちょっと良い紅茶の葉だ。マーロは「ありがとう！」と嬉しそうにそれを受け取ってから「こちらこそよろしくね！」と笑った。

——良かった、今日もちゃんと〝奥さん〟同士のお付き合いができている……気がする。

ひそかに張りきっていたことを自然とこなすことができて、ローゼは心の中でぐっと拳を握った。

まだまだ、ローゼは人付き合いが苦手だ。それでも最近は色んな人と普通に喋れるようになってきたし、特にマーロは気さくで話しやすい。

ローゼはよく彼女の家に招かれて世間話をしていた。

彼女の家はいくつかのオレンジ畑を経営していて、マーロは収穫したオレンジでケーキを焼いて販売もしている。先日もそのお菓子をいただきながら「私もパウンドケーキを焼いてみたい」と話したところ、マーロが作り方を教えてくれることになったのだ。

動きやすい若草色のドレスの上に持参したエプロンを身につけ、マーロと並んでキッチンに立ち、早速ケーキ作りを始める。

マーロの指示通りに卵を泡立て、粉類をダマができないようにしっかりと混ぜ、細かく刻んだオレンジの皮を生地に加える。

「なんだ、ローゼさんったらすごく上手じゃない！　初めてとは思えないわ！」

褒め上手なマーロのおかげで、ローゼもだんだんと嬉しくなってくる。

「マーロさんの教え方が上手だからです」

はにかんで答えるローゼの頭には、レオの顔が浮かんでいた。

――レオに美味しいって言ってもらえますように。

「あ、レオさんのこと考えているんでしょう？　本当、仲良くて羨ましいわ」

心の中を言い当てられて、ローゼは顔を赤くして俯いた。

オーブンでケーキを焼く間は、ローゼが持ってきた紅茶を入れていつものように世間話に花を咲かせた。

「お隣に引っ越してきてくれたのが、あなたたちのように良い人で本当に良かったわ」

ローゼの正面に腰かけ、紅茶を口に運びながらマーロが笑う。

「それに、すごく仲の良い新婚さんで……私もローゼさんと話した後は、いつも旦那に少しは優しくしようかしらって気になるのよ」

茶目っ気たっぷりにそう言われて、ローゼもまた思わず笑い声を漏らした。

「私も、お隣にマーロさんがいてくださって嬉しいです。本当にとても良くしていただいて……」

だがそう言葉を返そうとした時、ケーキの焼ける香りがふっと鼻をくすぐった。

その瞬間、胸に気持ち悪さを覚えてローゼは「うっ」と口元に手を当てた。

「どうかした？」

マーロが慌てた様子で立ち上がり、こちらを覗き込む。それからハッと気づいたように目を丸くした。

「ローゼさん、もしかして……？」

喜色を帯びた声で訊ねられ、ローゼは微笑んだ。

「はい……今朝病院に行って確認してきたところなんです」

ローゼはレオの子を妊娠していた。

少し前から「もしかして？」と感じていたが、今日の朝一番に病院に行って確かめてきた。

「すごい！　おめでとう、良かったわね！」

手放しで喜ぶマーロに、ローゼは「ありがとうございます」と微笑んでから、僅かに眉を寄せた。

「レオは……喜んでくれるでしょうか」

「え？　どうして」

無意識に漏れた言葉に、マーロは意味が分からないとばかりに目を丸くした。

「優しい旦那さまのことだもの、そりゃ手放しで喜んでくれるでしょう！　あの人、いつ会ってもローゼさんの話しかしないわよ。こないだなんかオレンジの話をしていたのに、気づいたらローゼさんの話にすり替えられていて、私はびっくりしたんだから」

なんと、そんなことが。

ローゼは思わず笑ってしまってから、そっと視線を落とした。

――私も、レオはきっと喜んでくれると思う。

二人とも、子供を授かりたいと思っていたのだ。

けれど。

――私たちの子供は、〝精霊の愛し子〟になる。

最初から分かっていたことで、レオと共に『守り抜く』と決めて授かった命だが、自分の生きてきた道を思うとどうしても心が波打つ。この子の人生も、決して平穏なだけのものにはならないだろう。

それに、レオも最近は魔術師としての仕事が忙しいようだ。

守るべきものが二つになって、少しでも彼に困った顔をされたらどうしよう――ついつい、そんな不安を胸に抱いてしまうのだった。

「大丈夫、きっと喜んでくれるわよ」

マーロがローゼの肩を叩く。

あらためて言われると、確かにそうだろうと思えてくる。

レオならきっと、どんな状況でも授かった命を喜んでくれる。

ローゼは「はい」と大きく頷き、微笑んだのだった。

◇◇◇

——すごい、本当に何の遠慮もなく仕事を押しつけてくる。

猫があくびをしそうなほど日当たりの良い仕事部屋の机上に、書類が山積みになっている。

僅かに開いた窓の隙間から吹き込んでくる潮風にぺらぺら靡く書類を眺めながら、レオは頭を抱えてため息をついた。

机上の書類は全て魔術師協会のものだ。

ほんの五分ほど前。紅茶を入れに部屋を離れる前は、書類はこの半分ほどまで片付けていた。それが、ちょっと目を離した隙にまた仕事を増やされてしまったのだ。

速達代わりに魔術を使うろくでなし共の顔を脳裏に思い浮かべ、レオはがっくりと肩を落とした。

魔術師協会は常に人員不足かつ、深刻なやる気不足だ。

絶対に働きたくないという強い意志が全体に蔓延《まんえん》しており、揃って他人に仕事を押しつけることにのみ執念を燃やしている。結果的に他より少しでも気弱だったり、真面目だったり、お人好しだったりする人間のところに仕事が集中する仕組みになっているのである。そして当然のごとく、今はレオがその割を食っている。

『お前がやらなきゃ誰もやらない。困るのはオレたちじゃないんだし、嫌なら放っておけばいいんじゃないか？』というのは、ローランの言である。

そう、困るのは魔術師協会の人間ではなく、魔術師の助けを必要とする一般の人だ。

レオもついこの間、ローゼのことで魔術師協会には色々と世話になったところである。

それを思うと放っておくこともできず仕事を片付けているのだが、怠け者たちはそういった人間の良心につけこんでくるのだから質が悪い。

——ちょっとぐらい申し訳ないなとか、思わないいんだろうか。……思わないいんだろうなあ。

手で髪を乱して、レオは窓の外に視線をやった。

今レオたちが住むのは、海が見える高台の、オレンジ畑の側にある白壁の一軒家だ。海の向こうには島が点在し、その向こうに夕日が沈んでいく様は息を呑むほど美しい。

ここに来て最初の日、ローゼと手を繋ぎながらその風景を見て、レオはとても幸せな気分だった。

これから色んなところを一緒に見て回ろうと約束もしたのに、まだ近所の散歩すらろくにできていない。

ローゼは気にしないでと言ってくれるけれど、レオは正直とても辛い。

落ち込みつつ、仕方がないので仕事を再開しようと椅子に腰かけた時、部屋の扉を叩く音がした。

「レオ」

聞こえたのはもちろん、ローゼの声だ。朝から出かけていて、先ほど紅茶を入れに行った時はまだ留守だったから、ちょうど先ほど帰ってきたのだろう。

返事をすると、控えめにドアが開いた。

「忙しいところごめんなさい。お隣のマーロさんに教えていただいて、ケーキを焼いてみたの。少し休憩できそうです……できそう？」

ドアの隙間から顔を覗かせ、ローゼが遠慮がちにそう問いかけてくる。

マーロさんとはお隣のオレンジ畑のお宅の奥さんで、ローゼの口調が少し拙いのは、彼女が今、レオへの敬語をやめる練習中だからだ。これから市井で生きていくのだから、その方が自然だと説得した結果である。

「ありがとう、すぐに行……」

どうせ片付けた端から仕事が溜まっていくのだから、あまり根を詰めても仕方がない。

ありがたくお誘いを受けようとしたところで、レオはハッと閃いてしまった。今のこの疲れを癒やし、妻との触れ合いの時間を確保する画期的な方法をだ。

「すぐにいただきたいんだけど、今はとても忙しくて……できれば仕事をしながら食べたいんだ。ここでローゼに食べさせてもらいたいんだけど、ダメかな？」

キリッと表情を引きしめて言うと、ローゼは目を丸くした後、頬を染めて嬉しそうに微笑んだ。

「分かりました、すぐに用意してきますね」

「紅茶はさっき入れたから、ケーキだけお願いするよ」

ローゼは頷くと、それからものの数分で、トレーの上の小皿にケーキをひと切れのせて帰ってきた。

オレンジのパウンドケーキで、見るからに美味しそうだ。形も綺麗で、一見すると買ってきたようにしか見えない。

「とても美味しそうだ。すごいな、これをローゼが焼いたの？」

「ええ、教えてもらいながらだけど」

感心するレオに、ローゼがはにかんだように笑う。

銀色の髪を結い上げ、胸元に白いレースのついた淡い若草色のドレスを纏う彼女は、今日もとても綺麗だ。レオは思わず見とれてしまってから、軽く頬を指でかいた。

「今じゃぼくよりずっと、ローゼの方が料理上手だな」

出会った頃はキッチンナイフを握ったことすらなかったというのに。

単に料理が好きだったということもあるのだろうけれど、それ以上にきっと、たくさん努力をしてくれたのだ。

「味も美味しいの。オレンジがとても良い香りで……」

そう言って、フォークでケーキをひと口大に切り「はい」とレオに食べさせてくれようとする。

まるで夢のような状況に思わず口を開けそうになったけれど、レオは堪えて、代わりにちょんちょんと自分の膝を指で差した。そして至って真剣な表情でローゼを見つめる。

「ここに座って食べさせて欲しい」

「……えっ？」

「ここに座って食べさせて欲しい」

戸惑うローゼに、レオは大真面目に二回言った。

一点の曇りもないその下心に、ローゼがぽっと顔を赤らめる。

それから思わずといった様子で周りをきょろきょろと見渡してから、遠慮がちにレオの膝の上に腰かけた。

「……こ、こう？」

レオの膝に小さな尻を落ちそうなほどちょこんと乗せ、恥ずかしそうに俯くローゼを見て、レオは神を仰ぐように顔を上げた。

――ぼくの奥さんが可愛い。

じーんと胸を感動に震わせながら、レオはローゼの腰を掴んで深く座らせた。

そして彼女の赤い耳を食んで、囁く。

「……食べさせて」

レオの低い声に、ローゼはさらに顔を赤くして頷き、ケーキをレオの口まで運んだ。

それにぱくりと食いつくと、想像以上にオレンジの香りがふわりと口の中に広がった。しっとりとした食感に、ほどよい甘みがとても良い。

「すごく美味しい」

声を弾ませて感想を言うと、ローゼはパッと表情を明るくして嬉しそうに笑った。そしてまた、次のひと口を食べさせてくれる。

——ああ、癒やされる。

理不尽な先輩たちにめちゃくちゃに仕事を押しつけられている現実が嘘のようだ。

至福のひとときに浸りながらケーキを食べ終えたレオは、そのままぽふんと彼女の柔らかな胸に顔を埋めた。断言してもいい、ここが楽園である。

レオはそのままもぞもぞと手を動かして、ローゼの太ももを撫でた。このまま雰囲気でアレ的なアレに雪崩れ込みたいという邪《よこしま》な考えを察してだろう、ローゼが慌てた様子で首を横に振った。

「ま、待って、レオ……！」

「………ダメ？」

「……………ダメッ」

思っていたより強い「ダメ」が返ってきて、レオは叱られた犬のように項垂れた。そこに、ローゼが「あのね」と慌てたように言葉を続ける。

「朝……、お医者さまのところに行ってきたの。それで、たぶん今三ヶ月ぐらいだろうって」

その言葉の意味を少し考えてから、レオはハッと顔を上げた。

それはつまり……。

「子供ができた⁉」

「……うん」

微笑んで頷くローゼに、レオは彼女の腰を抱きかかえて立ち上がった。

「すごい！　新しい家族だ、ぼくたちの！」

胸に、これまで感じたことのない熱いものが込み上げてきて、レオは叫ぶようにそう言った。

ローゼがぎゅっとレオの首にしがみついて、もう一度「うん」と頷く。その声が涙ぐんで聞こえたのは、きっと気のせいではないだろう。

「大変だ、こうしちゃいられない！　栄養のつくものを買ってこないと！　あとローゼはゆっくりしてて、洗濯とか掃除とかはぼくがするから！」

「大丈夫。無理をしなければ動いていいと先生も言っていたし……」

「いやいや、ダメだ。ローゼはすぐ頑張りすぎるから信用できない」

むっと眉を寄せて言えば、ローゼが思わずといった様子でくすっと笑う。

それから、少しだけ表情を陰らせた。

「ねえ、レオ。生まれてくる子供は、きっと私と同じ〝精霊の愛し子〟なのですよね……」

「……そうだね。〝精霊の愛し子〟と、魔力を持った人間の男との間の子供は、必ずそうなるらしい」

そのことはあらためて調べたので間違いない。

仕組みは奇跡の範疇《はんちゅう》であり、魔術師でも分からないが。

レオはローゼの不安を察して、柔らかく微笑んだ。

「ぼくたちの娘は、確かに普通の人にはない苦労をするかもしれない。だけど、大丈夫。君と同じ目に遭うことはないよ」

レオは確信を持ってそう言った。

「君は何も知らなかったところを悪い人間に狙われ、抵抗する術も知らずに閉じ込められてしまった。だけど産まれてくる子は自分が〝精霊の愛し子〟である自覚を持って育つし、魔術師協会を頼れることもぼくらが教えてあげられる。何より、ぼくがいる。ぼくが生きている間は、君にも娘にも、悪意を持つ者には指一本触れさせない」

ただでさえ魔術師というのは基本長生きだ。

娘が自分を必要としている間ぐらいは守ってやれるだろう。

レオとしては〝精霊の愛し子〟の連鎖が途切れた後、何百年も経ってから、ローゼのように先祖返りで生まれてしまう子の方が心配だ。確実に子孫に情報を伝え、守ってやれる魔道具なりを開発する必要がある。

それはそれとして考えながら、レオはそっとローゼの腹に触れた。

「それに……いつかはこの子のことを理解し、愛し、守ってくれる人に出会うだろう。ただの予感だけど、ぼくはそうなると信じている」

愛と、希望を込めて言葉にすれば、ローゼは涙を浮かべて頷いた。

その一滴をキスで拭ってから、彼女の柔らかな体を抱きしめる。

「この子に、いっぱい愛していると伝えよう。ぼくたちにとって、この子がどれほどの祝福であるかをたくさん伝えて、毎日抱きしめてあげよう」
ローゼが、幸せそうな笑みを浮かべて頷く。
レオもまた、今日の日の幸福を噛みしめながら愛する人へキスをした。
青い海からオレンジ畑の間を抜けて吹き込んでくる、爽やかな風を感じながら。

あとがき

初めまして、浅見《あさみ》と申します。

この度は『ローゼの結婚』をお手に取っていただき、誠にありがとうございます。

こちらの作品は第2回ジュリアンパブリッシング恋愛小説大賞で、ありがたくも大賞をいただいた作品になります。本当に……今でもまだ、夢を見ているようです。

今回、書籍にしていただくにあたり、そこからかなりの量加筆いたしました。

主に改稿したのは、前半から後半にかけての、ローゼとレオの心の交流あたりです。

お話のヒロインであるローゼが出だしから心を壊しているので、なかなか心情描写の加筆が難しく、編集者さまに何度も何度も！　本当に助けていただきましたまさしく導いていただきながら改稿を進めていく上で、「ここはこう書くべきだったのか」という気づきも多くあり、最終的に「この形が、この作品の完成形だった」と思えるまでになりました。

初めて読まれる方はもちろん、ＷＥＢ版を既読の方にも、あらためて楽しんでいただけているとよいなと祈るような気持ちでいます。

私自身もあらためてローゼとレオと向き合う時間が持てて、とても楽しく、幸せでした。

ローゼのことも、レオのことも、さらに好きになれました！

作中、レオにはある転機が訪れ、残酷な一面を見せることになるのですが、光属性が光属性のまま闇っぽいことをするのが好きなので、いつかもう一度こういうヒーローを書いてみたいなと思うなどもしました。

また、イラストは芦原《あしはら》モカ先生に担当していただきました。初めてイラストの二人を拝見した時の衝撃は忘れられません！　イメージ通りでありながら、イメージよりさらに魅力的な二人。ローゼの美しさと、レオの優しそうな表情（それでいて色っぽい！）に感動いたしました。ありがとうございました。

そして私と作品を導いてくださった担当編集さま、本の出版に関わってくださった全ての皆さまに、この場を借りて感謝を申し上げます。

最後になりましたが、連載中から作品を支えてくださった読者の皆さまと、今この本を手に取って読んでくださっている読者の皆さまに、心からの感謝を。

本当に、本当にありがとうございます。

これからも書き続けてまいりますので、またどこかでお会いできれば幸いです。

浅見

ローゼの結婚

著者　浅見

2023年1月5日　初版発行

発行人　藤居幸嗣

発行所　株式会社Ｊパブリッシング
〒102-0073　東京都千代田区九段北3-2-5 5F
TEL 03-3288-7907　FAX 03-3288-7880

製版　サンシン企画

印刷所　中央精版印刷株式会社

ISBN:978-4-86669-543-3
Printed in JAPAN